나의 문구 여행기

나의 문구 여행기

좋아하는 것을 좋아하는 용기에 대하여

초판 1쇄 펴냄 2020년 1월 20일
8쇄 펴냄 2023년 10월 31일

지은이 문경연
사진 한진희

펴낸이 고영은 박미숙
펴낸곳 뜨인돌출판(주) | 출판등록 1994.10.11.(제406-251002011000185호)
주소 10881 경기도 파주시 회동길 337-9
홈페이지 www.ddstone.com | 블로그 blog.naver.com/ddstone1994
페이스북 www.facebook.com/ddstone1994 | 인스타그램 @ddstone_books
대표전화 02-337-5252 | 팩스 031-947-5868

ISBN 978-89-5807-746-6 03810

나의 문구 여행기

paris
berlin
barcelona
london
new york

좋아하는 것을 좋아하는 용기에 대하여

tokyo
shanghai

문경연 지음

PAPIER TIGRE
Mélodies Graphiques
Modulor
VEB Orange
SERVEI ESTACIÓ
Pepa Paper
Present&Correct
CW pencil enterprise
36 sublo
THINK OF THINGS
Baixin Stationery
Rockbund Art Museum

뜨인돌

문구를 좋아하시나요?

저는 너무도 좋아합니다.
언제부터였는지 꽤 정확하게 대답할 수 있을 정도로요.
문구를 향한 저의 사랑은 두 개의 이야기에서 시작됩니다.

초등학교에 막 들어갔을 때로 기억합니다. 추운 기운이 남아있던 초봄의 어느 날, 아버지와 단둘이 외출했습니다. 저녁밥을 먹고 집으로 가는 길에 아버지와 '모닝글로리'에 들렀어요.
추운 거리를 등지고 문을 여니 따뜻한 공간에 문구가 한가득 있었습니다. 아버지는 초등학교 입학 선물이라며 갖고 싶은 것을 골라보라고 하셨어요.
저는 키보다 높은 선반에 가득 찬 문구들을 신중히 둘러봤습니다. 어떤 제품이 진열되어 있었는지는 기억이 나지 않지만 무엇을 골랐는지는 또렷합니다. 파란색 플라스틱 케이스에 담긴 36색 크레파스와 6공 바인더 다이어리입니다.

그 둘은 오랜 시간 저의 보물이었습니다. 살짝만 힘을 줘도 쉽게 뭉개지는 금색 크레파스의 촉감과 살이 집힐까 봐 각별히 조심하며 바인더를 닫던 순간은 지금도 생생합니다. 시간이 지나면서 크레파스와 다이어리는 자연스레 보이지 않게 되었지만, 문구에 대한 최초의 기억이 이리도 생생한 것을 보면 문구를 향한 애정이 시작된 건 그때부터인 것 같습니다.

아버지가 문구 사랑에 불을 지폈다면 그 작은 불씨를 저만의 난로로 키워준 것은 어머니입니다. 초등학교 5학년 때 어머니와 교환 일기를 주고받은 적이 있습니다. 자물쇠가 달린 노트를 썼는데 저와 어머니는 그 공간에 수많은 이야기를 담았습니다. 매일 쓰진 못했어도 일기를 주고받으며 일기를 쓰는 즐거움과

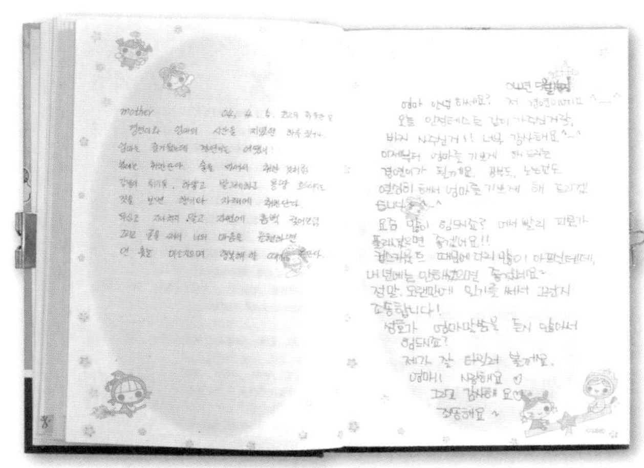
어머니와의 교환 일기

답장을 받는 즐거움을 몸과 마음으로 익혔습니다. 종이 앞에서 솔직하게 속마음을 적고 책상 위에 올려놓으면 그다음 날 노트엔 답장이 적혀있었습니다. 그 시절은 매일이 크리스마스였어요.

이후로 저는 저만의 문구 세계를 차근차근 넓혀나갔습니다. 필통이 세 개이던 중학생, 공부보다 쪽지 쓰기에 더 열중했던 고등학생, 아르바이트로 번 돈 절반을 문구에 쓰던 대학생을 거쳐 문방구 주인이 된 지금까지 제 삶에 문구는 갈등이 없는 동화 같습니다. 어떤 페이지를 펼쳐도 온기를 느낄 수 있는 무한히 다정한 문구 생활. 시작은 미미했지만 끝은 적어도 저에게만큼은 창대하리라는 믿음으로 오늘도 문구를 좋아하는 중입니다.

여러분도
문구를 좋아하시나요?

MY PAST
MY THOUGHTS
MY PASSWORDS
MY IDEAS
MY TO-DOS
MY ART
MY SKETCHES
EUROPA
Minor Pad
Lined · 120 pages

| 차례 |

-¦- 일러두기

- 문방구 위치, 홈페이지 주소 등의 정보는 2020년 1월 기준으로, 관련된 내용은 현지 사정에 따라 달라질 수 있습니다.
- 외래어 표기는 국립국어원의 표기법을 따랐습니다.

prologue

좋아하는 것을 하면서 살 수 있을까

작년 오늘, 베를린에서 가장 아름다운 공원인 티어가르텐을 걸었습니다. 크리스마스 다음 날까지 휴일의 기운이 남아있어 도시 전체가 조용했습니다. 큰 공원을 한 시간이 넘도록 헤매면서 겨울 숲의 위대함을 느꼈어요. 초록이 무성한 숲은 아니었지만 벌거벗음이 더 강하고, 멋지게 다가왔어요. 나무를 나무답게 만드는 건 무성한 잎만은 아니라는 것을 눈과 마음으로 이해했습니다. 반짝이는 깨달음의 순간이 아직도 생생해요.

하지만 더 강렬하게 남은 기억은 부모님과의 통화입니다. 한국을 떠나 해외에 있는 두 달 동안 휴대폰 할부금을 납부하지 못해 통신사에서 집으로 연락이 갔는데, 그것을 부모님이 한 번에 갚아주셨다는 내용이었습니다. 멋진 숲을 홀로 즐기는 것도 죄송스러운데, 부모님은 베를린에 있는 딸이 행여 신경 쓸까 미리 해결하시고는 걱정 말라고 연락을 하신 거였죠. 죄송하고 민망한 마음에 공원 한가운데서 전화로 성질을 잔뜩 부렸습니다. 내 삶도 제대로 책임지지 못하는데 숲을 즐기고 깨달음을 얻는 것이 무슨 소용인가 싶어 스스로에게 화가 많이 났습니다. 여행은 내내 이런 식으로 흘러갔습니다. 깨달음과 불안함, 행복과 두려움은 언제나 함께였고, 긍정의 감정을 100%로 끌어올려 마냥 즐겁기만 했던 날은 손에 꼽을 정도입니다.

어느 날은 문방구 간판을 보고도 그냥 지나쳤고, 어느 날은 같은 문방구를 세 번 가기도 했습니다. 빨리 나가고 싶어 씻지도 않고 모자를 눌러쓴 채 하루를 시작한 날도 있었고, 오후 늦게까지 시리얼을 먹으며 이불 속에서 휴대폰만 만지작거린 날도 있었습니다. 여행 내내 함께였던 일기를 다시 읽으니 그 감정이 선명하게 떠오릅니다. 지금도 그렇지만 그때는 더 불안했고, 제 행동과 선택에 확신이 없었습니다. '이런 게 다 무슨 소용이지'라는 의문이 두 달 내내 따라다녔습니다. 때문에 이 책에는 문방구와 문구를 경험하며 환호하는 모습과, 문방구를 나오자마자 미래를 불안해하고 걱정하는 모습이 반복 재생됩니다.

여행의 끝에서도 마찬가지였어요. 결론을 내리거나, 확신을 얻는 여행이라기보다는 한 사람이 좋아하는 것을 어디까지 좋아할 수 있나 실험했던 여행이라고 이야기하는 게 더 정확합니다. 좋아하는 것을 하기 위해서 무엇을 포기하고 무엇을 선택해야 하는지 스스로 실험하면서 내린 결론은 '하고 싶은 것이 있는데 현실이 불안하다면 한 발만이라도 담그자'였습니다. 그래서 한국에 돌아와 취업을 위한 디자인 포트폴리오의 첫 파트에 '개인 문구 브랜딩'을 넣었습니다. '이렇게까지 여행을 하고 돌아왔는데, 문구 관련 프로젝트 하나는 하자'라는 마음으로 가볍게 시작했어요.

그렇게 담갔던 한 발이 지금은 두 발이 되었습니다. 여행이 끝나고 네 달 뒤, '아날로그 키퍼'라는 개인 프로젝트는 운이 좋게도 문구 브랜드가 되었습니다. 저는 매일 문구를 연구하고, 만들고, 포장하고, 배송하는 삶을 살고 있습니다. 아직 이 삶이 실감이 나지 않습니다. 그래서 불안하고 걱정도 많습니다. 다만 여행 내내 수많은 문방구 주인에게 들었던 질투심과 부러움을 느끼지 않게 되어 행복합니다.

나를 찾는 여행

0

여행의 시작

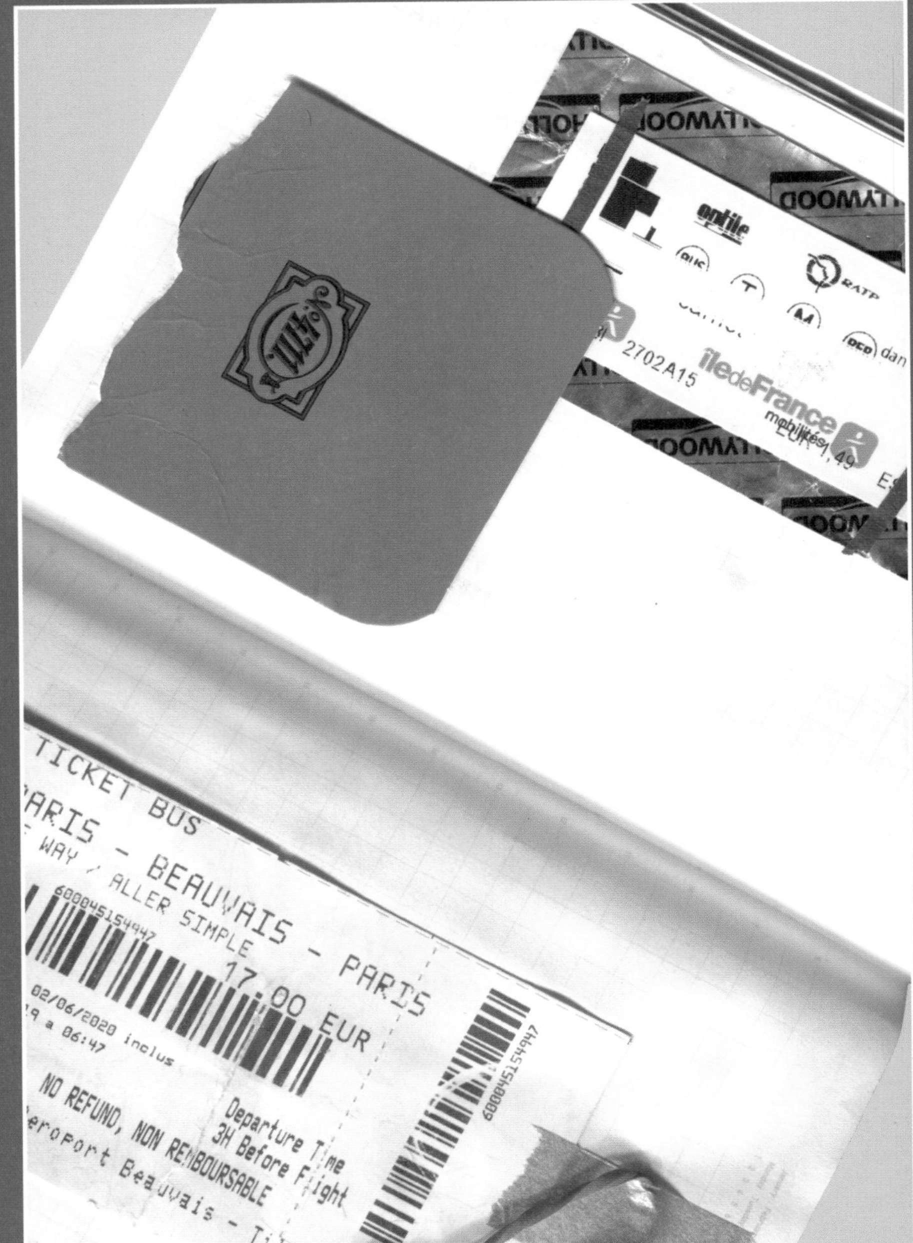

TICKET BUS
BEAUVAIS - PARIS
ALLER SIMPLE
17.00 EUR
600045154947
02/06/2020 inclus
NO REFUND, NON REMBOURSABLE
Departure Time
3H Before Flight
2702A15
îledeFrance
mobilités
RATP

설득

“디자인의 도시에 가서 작업하고 오겠습니다”라고 부모님께 말했다. 이건 안심용 멘트다. 사실 이 여행에 목적은 없다. 마지막 학기가 끝나가던 여름, 파리로 들어가서 뉴욕에서 나오는 초저가 티켓을 발견했다. 마침 통장에 잔고가 있었고, ‘이건 사야 돼’라는 충동으로 티켓을 샀을 뿐이다.

티켓을 산 지 한 달이 넘도록 말을 안 하고 있다가 속이 타서 던지듯이 이야기를 했는데, 부모님은 별다른 반대 없이 “그래라” 하셨다. 부모님 입장에선 자식이 제 돈 벌어서 작업하러 가겠다는데 말릴 이유가 없었을 것이다. 말려도 갈 거라고 생각하셨거나. 애인도 비슷한 반응일 거라 예상했는데 그는 대뜸 물었다. ‘왜’ 가냐고. 차라리 가지 말라고 하면 나았을 텐데, 나에 대해 알 거 다 아는 그에게 여행의 이유를 말하자니 답이 안 나왔다. 충동적으로 산 비행기 티켓에 목적이 있을 리가.

그 질문은 그냥 넘겨지지가 않았다. 나에게는 이 여행의 이유가 필요했다. 현실적이지 않은 여행을 위해 나 스스로를 설득해야 했다. 여행 시기가 8월에 학교를 졸업하고도 몇 달 뒤니 실상 취업을 일 년 미루는 것이었다. 여행을 다녀와서 여섯 달은 집에서 도움을 받거나, 아르바이트를 해야 했다. 포트폴리오도 다시 작업해야 하고, 산더미 같이 쌓인 학자금 대출을 단 한 푼도 갚지 못한 채 모은 돈을 다 써버릴 텐데, 이 여행 정말 가도 괜찮은 걸까.

그러나 나는 비행기 티켓을 샀고, 떠나고 싶었다. 고민 끝에 일단은 간단하게라도 여행의 목적을 만들기로 했다. '내가 가장 좋아하는 것을 하면 되지 않을까'라는 생각에 "나 문구 여행 갈 거야. 세계의 문방구랑 문구 구경하러 가는 거야"라고 말했다. 그는 "그거 엄청 멋진데. 근사해"라고 대답했다. 가볍게 던진 말이었는데 내뱉고 나니 아주 멋졌다.

이것이 내 문구 여행의 시작이다. 우연히 눈에 들어온 값싼 비행기 티켓, 스스로를 설득하고 애인의 질문에 대답하기 위해 만든 간단한 목적. 하지만 이 가벼운 시작이 얼마나 무겁게 나를 짓누르고 강하게 감싸 안을지, 나를 울다가 웃다가 요동치게 만들지 그땐 몰랐다. 여느 소설이나 드라마처럼.

67일간의 편지, 포트폴리오 리스트

여행이 한 달밖에 남지 않았는데 숙소와 비행기 티켓 구입 외에는 아무 준비도 하지 않았다. 심지어 1월의 몇 주간은 숙소도 예약하지 않은 채 비워놨다. 학교생활과 일을 병행하며 매일을 시간 단위로 계획해 빡빡하게 생활했는데, 여행에서만큼은 계획을 세우고 그걸 지키는 데에 급급하고 싶지 않았다. 그때그때 하고 싶은 걸 하면서 살아보기로 했다. 대신 여행 전에 가족과 애인에게 편지를 썼다. 나의 여행 일수만큼의 편지였다. 편지는 여행의 목적이자 스스로에 대한 약속이기도 했다. 나의 여행이 취업을 내팽개치고 도망가는 것이 아닌 나다운 미래를 위한 투자라는 것과 하루도 헛되이 흘려보내지 않고 경험을 차곡차곡 잘 쌓아 돌아오겠다는 다짐을 담은, 일종의 각서였다. 내가 지낼 도시에서의 생활과 한국에 있는 소중한 사람들의 일상을 상상하며 편지에 그들과 미래에 나눌 대화를 미리 적는 것. 이것이 내 여행의 시작이었다.

134장의 각서와 함께 준비한 것은 여행 중 해야 할 작업 목록이다. 여행 이후 백수 기간을 최대한 줄이려면 여행 중에도 틈틈이 작업을 해야 했다. 여행 중에 아이패드로 할 수 있는 작업을 정리하고, 그려야 할 그림과 써야 할 글 목록을 만들었다. 양이 꽤 많아서 하루에 두 시간은 작업을 해야 했지만 할 수 있을 거라 생각했다. 이게 문제였다. 의미 있는 여행을 다녀오겠다는 각서와 매일 해야 할 작업 리스트…. 어떤 미래가 펼쳐질지도 모른 채 각서를 쓰고 확신을 했으니 나의 여행이 오락가락인 것은 당연했다.

여행에 유용한 문구

두 달이 넘는 장기 여행을 준비하면서 가장 먼저 싼 짐은 당연히 문구다. 여행에서 장문의 글을 쓰는 것 외에도, 그림을 그리고, 종이를 잘라 카드를 만드는 등 공작 수준의 작업을 할 예정이었기에 심사숙고해서 문구를 챙겼다. 여행이 끝나고서 돌아보니 정말 잘 챙겼다고 생각한 문구가 여럿 있다.

마스킹테이프 활용법

1. 마스킹테이프

마스킹테이프는 여행지에서 생기는 영수증과 티켓 등을 노트에 스크랩하고 꾸미기 위해서 챙겼다. 10개 정도 가져갔는데, 일러스트가 있는 것보다 없는 것을 더 자주 쓰게 되었다. 용도도 다양했다. 예를 들어 한인 민박에서는 내 물건 또는 내 음식이라는 것을 표시하려고 단색 마스킹테이프에 네임펜으로 이름을 적어두었고, 빨래를 분류하기 위해서 지퍼백에 테이프를 붙여 속옷, 티셔츠 등을 구분해서 적기도 했다. 또, 도시별로 모은 기록물을 테이프의 색으로 구분하기도 했고, 친구 집에서 나올 때 쪽지를 써서 냉장고에 붙이기도 했다.
꼭 기록을 위한 순간뿐 아니라 분류하고, 표시하고, 무엇인가를 꾸미는 순간에도 유용하게 쓰였다. 추천하는 제품은 mt 마스킹테이프이다. 접착력도 뛰어나지만 흔적 없이 잘 떨어져서 다시 사용하기에 좋다.

2. 클립과 집게

혼자 하는 여행의 단점은 한 장소에서 동시에 다양한 경험을 하기 어렵다는 것이다. 예를 들면 마트에서 과자와 젤리를 여러 개 살 수 없다. 유럽 과자는 특히나 짜서 한 번에 다 먹기 힘들었다. 그럴 때는 과자 봉지를 집게로 집어두었다가 당이 떨어졌을 때 다시 꺼내 먹었다. 클립은 다이어리에 꽂아 책갈피 용도로 쓰기도 했고, 쇼핑을 많이 한 날에는 영수증을 주머니나 지갑에 쑤셔 넣지 않고 집게로 집어 차곡차곡 모을 수 있었다. 특히 요긴했던 순간은 서류를 정리할 때였다. 런던에서 뉴욕으로 넘어갈 때 준비해야 할 서류가 많았는데, 그것들을 반으로

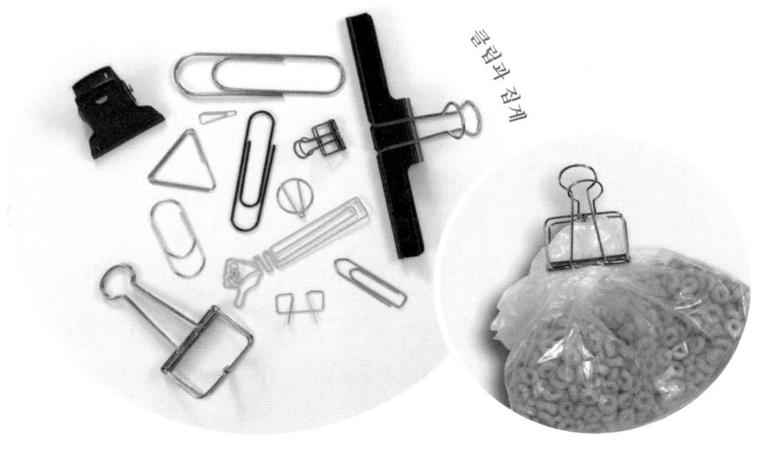
클립과 집게

접어 집게로 집어서 작은 가방 안에 넣자 묘한 쾌감이 들었다.

3. 각종 펜

여행을 하다 보면 생각보다 펜이 필요한 순간이 많다. 특히 장기 여행의 경우 비행기를 탈 일도 많고, 서명을 해야 할 때도 잦아서 개인 펜이 필수다. 뚜껑이 있는 펜은 급하게 쓸 때 뚜껑을 열고 닫는 것이 귀찮고, 노크식 볼펜은 펜이 눌리면 가방 안이 지저분해지거나 가방에 구멍을 낼 수도 있다. 나는 각종 필기구가 잔뜩 담긴 필통을 들고 가서 상황에 맞게 필기구를 사용했는데, 가장 많이 사용한 펜은 제트스트림 0.5 볼펜이다. 종이를 날카롭게 가르며 글이 써지기 때문에 어떤 종이에도 잘 맞고, 특히 신고서나 신청서 작성같이 또박또박 글씨를 써야 할 때 유용했다. 무엇보다 가볍고 저렴해서 좋다. 다만 볼펜 노크가 가방 안에서 눌리면 가방이 지저분해지기 때문에 노트에 꽂아서 들고 다녔다.

형광펜과 네임펜도 은근히 요긴하다. 서류상 중요한 부분 또는 여행 중 빼먹지 않아야 하는 일정이나 쇼핑 리스트를 강조할 때, 검은색 펜만으로 필기하기 부족한 상황에 형광펜을 쓰니 편했다. 네임펜은 지워지면 안 되는 내용을 메모해야 할 경우에(짐 분류, 교통 카드 등에 서명할 때) 쓰기 좋다. 가지고 간 신용카드에 미처 서명을 하지 못했는데 직원이 볼펜으로 쓰면 안 된다고 했다. 문득 네임펜이 생각나 그걸로 서명을 해서 겨우 사용할 수 있었다.

각종 펜

4. 연필을 가져갈 때는 펜슬 홀더

연필을 가지고 간다면 펜슬 홀더를 같이 챙기는 것을 추천한다. 장기 여행 중에 연필 길이가 짧아져 사용하는 경우도 있겠지만, 연필심을 보호하는 펜슬 캡의 역할도 하기 때문에 챙기는 것이 좋다.

클러치 펜슬

심을 넣었다가 뺄 수 있는 클러치 펜슬도 유용하다. 추천하는 제품은 코이누어 5209이다. 몸체가 가늘고 가벼우면서도 샤프너가 내장되어 있어 편리하다. 면세점에서 트로이카 브랜드의 클러치 펜슬을 팔기도 하는데 그때 저렴하게 사는 것도 방법이다.

5. 작은 스프링 노트

나는 두 달 남짓한 여행을 위해 노트 세 권을 챙겼다. 몰스킨의 하드커버 줄 노트 라지 사이즈 한 권, 롤반의 하드커버 스프링 노트 가장 작은 사이즈 한 권, 그리고 하이타이드의 작은 중철 수첩이다. 몰스킨은 여행 중반이 되니 들고 다닐 일이 거의 없어진 반면, 손바닥 크기의 롤반 스프링 노트는 매일 들고 다녔다. 수첩 안에 작은 종이를 보관할 수 있는 비닐 봉투가 들어있고, 고무 밴드가 달려있다.

연필과 펜슬 홀더

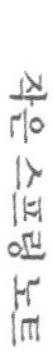
작은 스프링 노트

여기에 여행 스케줄과 쇼핑 리스트, 공항에서 숙소 찾아가는 법, 대사관 전화번호, 숙소 주소 등을 미리 적어두니 마음이 편했다. 여행 중에 가방 없이 립밤과 카드 지갑, 롤반 수첩에 제트스트림을 끼워 주머니에 넣고 다녔는데 이보다 간편할 수 없었다.

6. 작은 지퍼백과 고무줄

색연필 20자루를 가져갔기에 연필깎이가 필수였다. 칼은 비행기 탈 때 문제가 될 수 있어 연필깎이를 추천한다. 하지만 막상 가져가도 가루가 이곳저곳으로 날리는 것이 걱정이다.

이때는 지퍼백 안에 연필깎이를 넣고 그 안에서 색연필을 깎으면 가루가 날릴 걱정도 없고, 휴지통에 버릴 때도 유용하다. 지퍼백 안에 동전을 구분해 보관하거나 클립, 집게를 넣어두기도 했고, 런던에서 뉴욕으로 넘어갈 때는 캐리어 무게를 줄이려고 세네 번 정도 사용할 양의 치약을 짜서 보관하기도 했다.

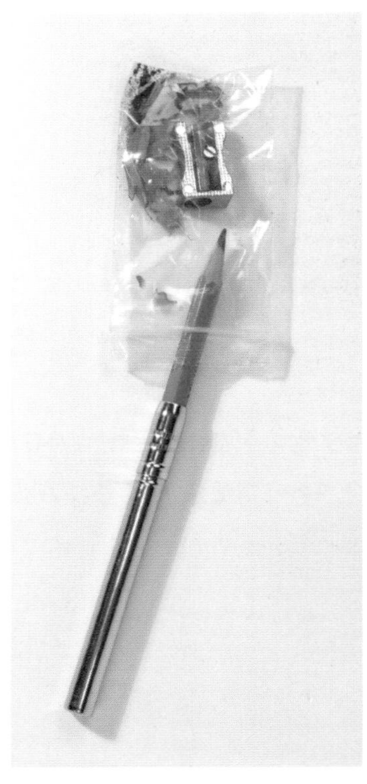
지퍼백과 연필깎이

고무줄도 생각보다 유용하다. 필통을 안 가져간다면 필기구를 고무줄로 짱짱하게 묶어서 들고 가자. 분실 위험도 막아주고 펜이 망가지는 사태도 방지할 수 있다. 또한 지퍼백이 없을 경우 비닐에 빨래를 넣고 묶어두거나 수건이나 양말, 스타킹 등의 부피를 줄일 때도 유용하다. 머리끈도 좋지만 노란 고무줄이 훨씬 잘 늘어나기 때문에 여행 전에 틈틈이 모아두었다가 가져가는 것을 추천한다. 고무줄은 지퍼백에 보관하면 이리저리 찾지 않아도 되니 편하다.

7. 양면 테이프 (수정 테이프 모양의 간편한 타입)

여행지에서 생기는 영수증, 엽서, 너무 맛있어서 기억하고 싶은 초콜릿 봉지 등을 노트에 부착할 때 양면 테이프만 한 것이 없다. 테이프를 한번 긋고 그 위에 종이 등을 꾹 눌러주는 것만으로도 튼튼하게 부착된다. 요즘에 나오는 양면 테이프는 가위로 잘라서 접착면 종이를 벗겨내는 번거로운 형태가 아니라, 수정 테이프처럼 긋기만 하면 돼서 편리하다. 새것 하나를 가지고 가면 몇 달간의 여행은 끄떡없을 정도로 양도 많다. 외국에서도 어렵지 않게 살 수 있지만 한국에서의 가격이 훨씬 저렴하니 한국에서 구매해 가는 것을 추천한다. 양면 테이프와 함께라면 길을 걸으며 발견한 나뭇잎, 문양이 예쁜 티슈, 호텔에서 챙긴 설탕 봉지, 시원하게 마신 음료수 라벨 등 무심코 버렸거나 챙겼어도 쉽게 망가질 것들을 여행을 기록하는 멋진 재료로 활용할 수 있다.

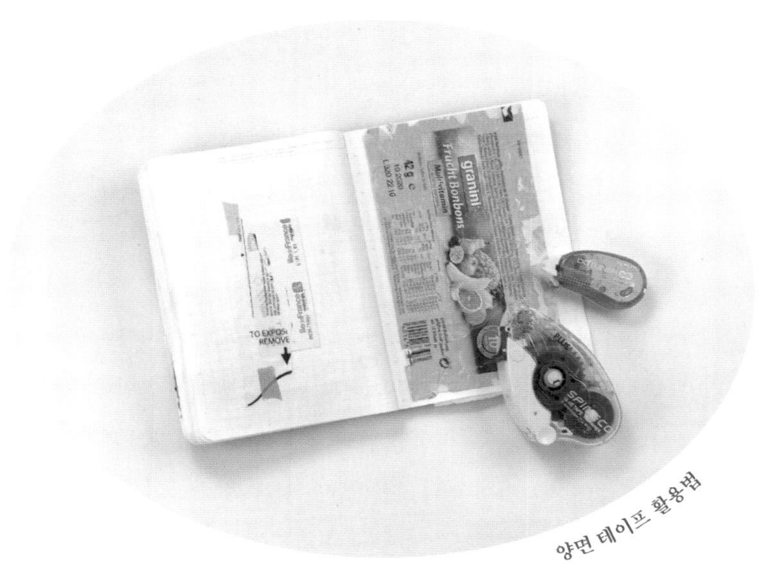

양면 테이프 활용법

오롯이 나에게 집중하는 방법

비행기를 탔는데 내 옆의 좌석이 전부 비어있다. 이런 상황은 난생처음이다. 두 다리를 다 뻗고 여행할 수 있다니. 나뿐만 아니라 승객 대부분이 모두 누워서 비행을 하고 있다. 비행기가 이륙할 때까지도 설마 했는데, 나는 지금 누워있다.

몽골 위를 지날 즈음 난기류가 심해졌다. 누워있으니 몸이 더 심하게 흔들려서 결국 다시 앉았다. 누워서 자는 사람들이 대단할 정도다. 파리에 늦은 밤에 도착하는데 숙소까지 어떻게 가야 할지 걱정이 되기 시작했다. 뭐라도 해야 되겠다 생각하며 좌석 앞에 있는 스크린을 살폈다. 영화는 눈에 안 들어올 것 같아 게임을 눌렀는데 할 수 있는 게임이 스도쿠밖에 없다. 결국 스도쿠를 하기로 했다.

전에 애인과 스도쿠에 대해 이야기한 적이 있다. 그는 스도쿠는 정말 재미있는 게임이라고 말했는데, 나는 왠지 구직 신문 한 귀퉁이에 있는 구닥다리라는 생각이 들었다. '별수 있나'라는 생각으로 스도쿠를 켰는데, 흔들리는 화면을 보고 있자니 멀미가 날 것 같아 게임 화면을 몰스킨 노트에 따라 그렸다.

스도쿠를 풀다보니 비행기가 흔들리는 것도 못 느끼고 한 시간이 금방 지나갔다. 9개의 숫자와 81개의 칸 위에서 씨름을 하는 순간만큼은 걱정과 불안이 사라졌다. 숫자가 한 칸씩 채워질 때 느껴지는 쾌감이 엄청나 비행 내내 스도쿠만 했다. 난기류도, 늦은 밤 공항에서 숙소로 갈 걱정도, 두 달의 여행 동안 무엇을 해야 할지에 대한 고민도 전혀

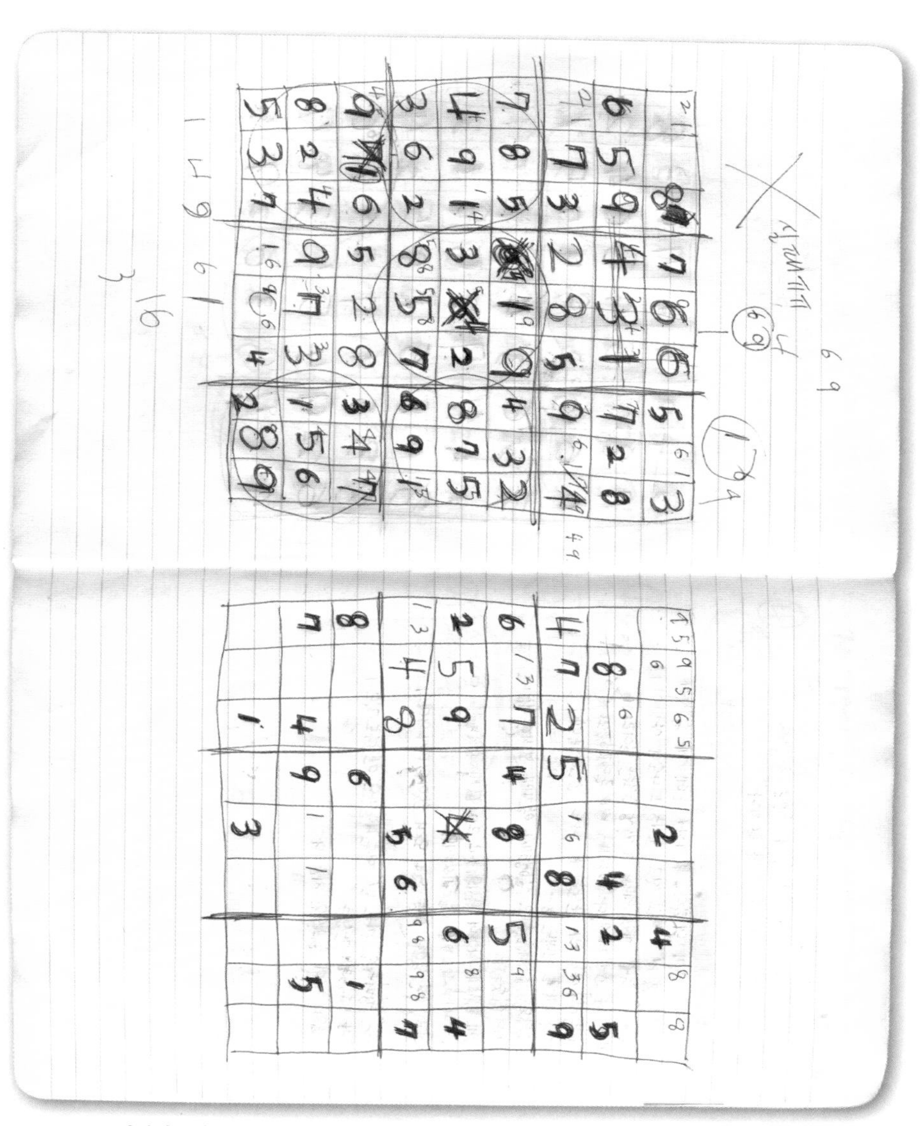

비행기에서 몰스킨 노트에 그린 스도쿠 판

생각나지 않았다. 잔걱정을 없애고 오롯이 나에게 집중하는 방법을 터득한 것이다.

여행을 시작하면서 스도쿠를 발견한 것은 행운이었다. 여행 내내 불안하고 무섭고 잡념이 피어오를 때마다 스도쿠를 했는데, 그 판을 성공했든 못 했든 숫자에 오롯이 집중하고 나면 정신이 개운해졌다. 게임에서 리셋 버튼을 누른 것처럼 이전에 하던 고민을 쉽게 잊을 수 있었다. 이 경험으로 나는 큰 고민과 걱정이 생길 때마다 스도쿠를 찾는 사람이 되었다. 그 결과 걱정을 안 해서 걱정이 없는 여행자가 될 수 있었다. 아, 스도쿠는 구닥다리 게임이 아니라 여행 내내 감정을 붙잡아주는 동아줄 같은 존재였다.

1

파리

문구 여행 워밍업

파리의 문방구

– Rougier&Plé
– Delfonics
– PAPIER TIGRE
– Mélodies Graphiques

LOVE YOUR FEARS

CE SAC PEUT CONTENIR votre bougie, ... daille,
vos désirs, vos livres, vos barrettes, vot...
votre eye-liner, vos lunettes de soleil, VOTRE ATTENTION,
votre montre, VOTRE CONFIANCE, vos ballerines, votre pinceau,
votre eau de toilette, votre cravate, votre ... ricil, VOS ESPOIRS,
VOTRE AMOUR, votre chapeau, votre conscience,
votre brosse à dents, vos bas, votre stylo à plume, votre collier,
votre cade...

ROYAL CHEESE
PARIS 2
75002
0355104 41990047700037
10278

ONE WAY / ALLER SIMPLE
17.00
Issu au 08/06/2020 inclus ... le 04/06/2019 à 10:01
NO REFUND, NON REMBOURSABLE
Departure Time 3H Before Flight
Aeroport Beauvais - Tille

RATP
Réseaux ferrés
PARIS-
AEROPORTS CDG
2 cl
îledeFrance mobilités
EUR 10.30 CB

PAUL
Sucre blanc

CRÈME DE MARRONS
DE L'ARDÈCHE®
TUBE DE 220g

PRODUCT OF FRANCE
The "Crème de Marrons de l'Ardèche" is a recipe created by Clément Faugier in 1885 in Privas in France

...NT-HONORÉ
PARIS
LE MUSSET
LE MUSSET
5 rue de l'Echelle
75001 PARIS FRANCE
TEL 01 42 60 69 29
SIRET:56206190300018
NAF:5610A TVA:FR2933275...
samedi 1 juin 2019 11:24

0%
FSC

비 오는 파리

파리 공항은 낡고 작다. 일 년 전, 엄마와 유럽 여행을 왔을 때 엄마는 물었다. "여기가 진짜 파리 맞아?" 그리고 이번에는 스스로에게 물었다. '나 진짜 파리에 온 거 맞아?'
어두운 밤, 파리엔 비가 많이 왔고 도저히 대중교통을 탈 자신이 없어 우버를 불렀다. 비가 많이 와서 창문 너머로 파리의 야경을 보기도 힘들었다. 정체불명의 디스코 음악을 들으며 '저녁은 먹을 수 있을까' 생각했다.

숙소에 도착해 민박집 이모님이 내 몫으로 남겨주신 제육볶음을 싹싹 긁어 먹었다. 뜨거운 물에 샤워를 하자 긴장이 풀려 침대에 눕자마자 잠이 들었다.

여행이 생각보다 단순하게 흐르고 있다

어제 비가 와서 오늘 날씨를 딱히 기대하지 않았는데 역시 날이 어두침침하다. 오늘은 여행의 큰 계획을 세우기로 했다. 장소가 중요하지 않으니 구글 지도를 켜지 않고 무작정 걸었다. 발길 닿는 대로 걷다보니 퐁피두가 나왔다. 우연히 가장 오고 싶었던 미술관에 도착한 것이다. 미술관 관람도 계획에 추가되었다. 그 전에 글을 쓰고 싶어 미술관 바로 앞에 있는 스타벅스에 들어갔다. 커피를 마시며 든 첫 생각. '생각보다 괜찮다.'

몇 년 만에 느끼는, 해야 할 것이 전혀 없는 혼자만의 여유로운 시간이 꽤 만족스럽다. 그러다 문득 이 편안함에 의문이 생긴다. 나는 할 것도 없으면서 어쩌자고 여기에 왔을까. 파리에 오기 전, 좋아하는 화가이자 작가인 김향안 선생님의『월하의 마음』을 읽었다. 남편 김환기 선생님을 따라온 낯선 파리에서 자신을 지켜내며 글을 쓰셨던 김향안 선생님. 그분은 어떻게 타국에서 생을 꾸려나가셨을까.『월하의 마음』을 가지고 오지 않은 것이 못내 아쉽다.

생각이 꼬리에 꼬리를 물자 우울해지겠다 싶어 부랴부랴 퐁피두에 들어갔다. 지난 여행에서 일정상 가지 못한 미술관이기에 꼭 오고 싶었다. 그런데 의외로 별로였다. 미술관에 가서 감흥을 받지 못한 것은 처음이라 놀랐다. 무작정 왔으니 정보도 없었고 그저 마티스와 피카소 그리고 잭슨 폴록이 보고 싶다는 단순한 생각뿐이었다. 내 마음이 작품을 제대로 받아들일 준비가 되지 않아서인지 보고 싶었던 작품을 마주하면서도 크게 감명을 받지 못했다. '이럴 수도 있구나' 생각하며 이른 귀가를 선택했다.

집에 가는 길. 비가 많이 내린다. 심지어 생리가 시작됐다. 머릿속에는 오로지 생리대를 사야겠다는 생각뿐. 온몸이 비에 젖었는데 마트가 나오지 않아 울고 싶어졌다. 힘들게 산 생리대를 가방에 쑤셔 넣고 숙소로 돌아와 샤워를 하고 누웠다. 이제는 오로지 감기에 걸리지 않아야겠다는 생각뿐이다. 여행이 생각보다 단순하게 흐르고 있다. 엄마가 챙겨준 물주머니에 뜨거운 물을 가득 채워 끌어안고 잠을 청한다.

Rougier&Plé, 예술가를 위한 화방

아침에 일어나니 맑은 파리를 보기 힘들 거라는 생각이 든다. 다행히 어제 물주머니를 끌어안고 잔 게 도움이 되었는지 컨디션이 좋다. 오늘은 문방구에 간다. 구글 지도에 표시해둔 문방구 외에도 급하게 찾은 문방구를 몇 개 더 확인하고 출발.

루지에&플레 Rougier&Plé
주소 15 Boulevard des Filles du Calvaire, 75003 Paris
홈페이지 www.rougier-ple.fr

루지에&플레 **Rougier&Plé**는 마레 지구에 있는 4층짜리 화방이다. 건물의 연식과 나무 계단, 창틀을 보고 있자니 이 공간 자체가 유서 깊은 회화 작품 같다. 하얀 페인트펜으로 써놓은 연필의 경도, 오래된 나무 장에 걸린 색색의 물감, 제각각의 크기로 쌓여있는 캔버스와 꽤 오래 사용했을 것 같은 철제 선반, 그리고 계단 옆 손때 묻은 손잡이. 이젤이 놓인 구석 공간으로는 유독 많은 햇살이 쏟아져 들어온다. 벽에 반사된 그림자를 보고 있으니 아침의 숲에 들어온 기분이다. 지하 1층은 동굴을 연상하게 한다. 콘크리트와 돌이 노출되어 있고 구석구석 깨진 자국도 보인다. 모든 것이 날것 그대로다. 가장 눈에 띄는 것은 이 공간을 대하는 사람들의 태도다.

나이 지긋한 노인이 한 손엔 메모가 가득 적힌 두툼한 수첩을, 한 손에는 붓을 잔뜩 들고 있다. 학생들이 무거운 점토를 나눠 들며 이야기를 나눈다. 물감이 묻은 후드를 뒤집어쓴 청년이 대충 찢은 종이에 적은 쇼핑 리스트를 확인하며 지류 코너에서 종이 끝을 매만진다. 층마다 있는 안내 데스크에서는 고객과 직원이 친구처럼 대화를 나눈다. 손가락마다 반지를 낀 여성이 색색의 구슬을 고르고, 고등학생 정도로 보이는 학생은 가게를 매일 들르는 듯 자연스럽게 크로키북을 집어서 계산대로 향한다.

이 공간 속 모든 사람들을 노련한 예술가로 만드는 곳. 나는 이 공간에서 여행자임을 들키고 싶지 않아 괜히 사지도 않을 점토와 이젤을 뒤적인다. 물론 사진을 수십 장씩 찍고 공간을 누비며 완벽히 여행자임을 여지없이 드러냈지만.

루지에&플레에서는 길을 잃기 쉽다. 이곳은 손님이 아니라 문구와 재료를 위한 공간에 가깝다. 나는 수집하던 바이컬러펜슬(펜슬 양 끝의 색이 달라 양쪽을 깎아서 두 가지 색을 사용하는 색연필)을 찾기 위해 화방 곳곳을 헤맸다. 각 층에 공간에 대한 안내문이 문에 붙어있는데 막상 들어와 거닐다보니 자연스럽게 길을 잃었다. 그러자 화방과 문구가 더 자세히 보인다.

문구는 깔끔하게 분류 및 정리되어 있다. 그러나 곳곳에서 수많은

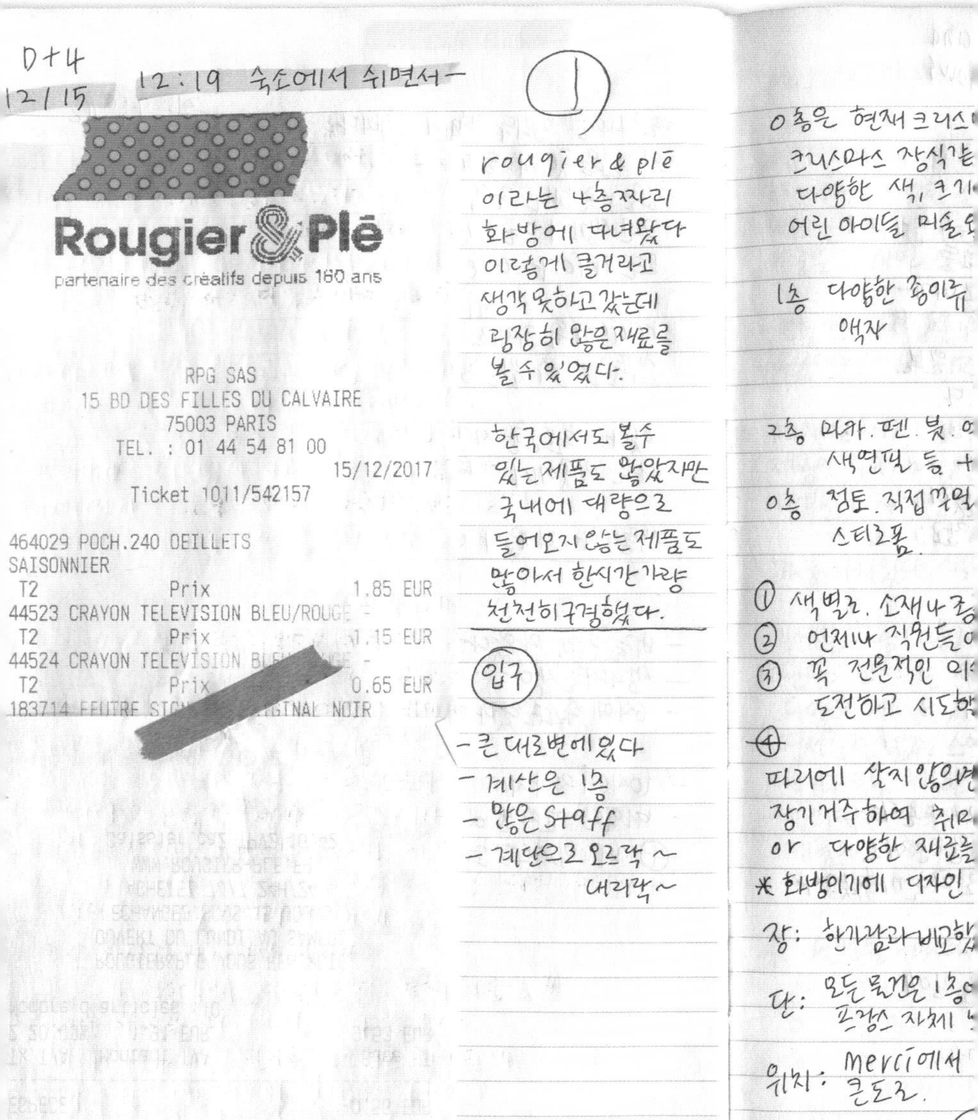

12:19 숙소에서 쉬면서—

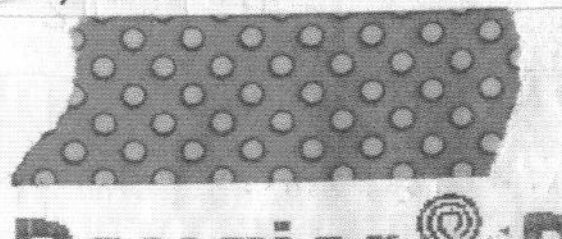

Rougier & Plē
partenaire des créatifs depuis 160 ans

RPG SAS
15 BD DES FILLES DU CALVAIRE
75003 PARIS
TEL. : 01 44 54 81 00
15/12/2017
Ticket 1011/542157

464029 POCH.240 OEILLETS SAISONNIER
T2 Prix 1.85 EUR
44523 CRAYON TELEVISION BLEU/ROUGE -
T2 Prix 1.15 EUR
44524 CRAYON TELEVISION BL... -
T2 Prix 0.65 EUR
183714 FEUTRE SIG... ORIGINAL NOIR

①

rougier & plē 이라는 4층짜리 화방에 다녀왔다 이렇게 클거라고 생각못하고 갔는데 굉장히 많은 재료를 볼수 있었다.

한국에서도 볼수 있는 제품도 많았지만 국내에 대량으로 들어오지 않는 제품도 많아서 한시간가량 천천히 구경했다.

- 큰 대로변에 있다
- 계산은 1층
- 많은 Staff
- 계단으로 오르락~ 내리락~

0층은 현재 크리스...
크리스마스 장식가...
다양한 색, 크기...
어린 아이들 미술...

1층 다양한 종이류...
액자

2층 마카. 펜. 붓. ...
색연필 등 + ...

0층 점토. 직접 꾸...
스티로폼.

① 색별로. 소재나 종...
② 언제나 직원들이...
③ 꼭 전문적인 이...
도전하고 시도하...
④

파리에 살지 않으면...
장기거주하여 취미...
아 다양한 재료를...
* 화방이기에 디자인...

장: 한가람과 비교할...

단: 모든 물건은 1층에...
프랑스 자체 ...

위치: merci에서 ...
큰도로.

추천: ☆☆☆ (3...

사람들이 물건을 들었다 놓은 흔적들도 발견할 수 있다. 키가 제각각인 캔버스, 뒤섞인 색연필, 뒤를 보고 놓인 안료 병들을 보자니 수많은 예술가들이 들락날락한 이곳에서 시작되었을 예술 작품들이 궁금해진다. 구경만으로도 멋진 작품을 감상한 것 같은 분위기의 루지에&플레. 예술이 쏟아지는 도시의 시작을 엿볼 수 있는 그림 같은 곳이다.

루지에&플레 영수증과 기록

merci, 나만의 시선과 선호를 찾을 것

메르시merci는 한국에서도 유명한 편집숍이다. 가게 앞에 있는 빨간 자동차와 패브릭 팔찌로 유명하다. 지난번에 엄마와 왔을 때 구경했던 문구 코너가 인상 깊어서 다시 방문했다. 그때는 제품도 다양하고 못 보던 문구가 많았는데 지금은 규모도, 제품 수도 줄었다.

mt 마스킹테이프, 미도리 다이어리, OHTO 상품 등이 있는데 이곳에 있는 문구 대부분이 일본 제품이어서 급격히 흥미를 잃었다. 이전보다 문구와 문구 브랜드를 많이 알게 되어서일까. 이곳에서만 구매할 수 있다고 생각했는데 다른 도시의 제품이거나 한국에서 쉽게 구매할 수 있는 제품이 많아서인 것 같기도 하다.

메르시를 나오며 다짐했다. 앞으로 어떤 문방구를 가도 그곳에서만 살 수 있는 문구에 집중하자. 소중한 나의 두 달을 나만의 시선과 선호로 채워나가야지.

파리
두 번째
문방구

PAPIER TIGRE,
파리의 멋진 문구를 내 책상 위에

종이 호랑이라는 뜻의 파피에 티그르PAPIER TIGRE는 2012년에 만들어진 디자인 스튜디오다. 디자이너들이 종이를 기반으로 색, 패턴, 기본적인 도형과 소재에 영감을 받은 제품을 만든다. 파리의 마레 지구에 있는 매장 안에 작은 스튜디오가 함께 있다. 그곳에서 디자이너들이 작업을 하고, 샘플 프린팅을 하고, 직접 판매까지 한다. 스튜디오가 매장 안에 있다는 정보를 듣고 무조건 가기로 결심했다. 내가 구매할 제품을 제작한 디자이너를 직접 만날 수 있다는 생각에 좋아하는 연예인의 사인회에 가는 것마냥 설렌다.

북적이는 마레 지구의 가장자리에 위치한 이 문방구는 놀이공원 같다. 형형색색의 그래픽이 동심을 불러일으킨다. 방문했을 당시 선인장 형태의 오브제가 가게 중간에 전시되어 있었는데, 그 모습에서 디자이너들이 이 일을 즐기고 있음이 느껴져 들어서자마자 신이 났다. 파스텔,

파피에 티그르
PAPIER TIGRE

주소 5 Rue des Filles du Calvaire, 75003 Paris

홈페이지 www.papiertigre.fr

2019년 6월, 파리에 다시 방문했을 때는 내부 공사 중이었다. 공사 이후 아쉽게도 스튜디오 공간은 사라졌다. 하지만 커스텀 노트를 제작할 수 있는 공간이 생겨 색다른 재미를 느낄 수 있다. 파피에 티그르는 명동에 있는 편집숍 플라스크뿐만 아니라 국내 여러 온라인 몰에서도 일부 제품을 만나볼 수 있다.

비비드 컬러부터 기하학적인 도형과 자연에서 따온 모티브까지 다양한 콘셉트의 그래픽 디자인이 자유롭게 문구에 녹아있다.

주력 상품은 노트와 엽서다. 이곳이 문구에 종이 소재를 주로 사용하고 있어서인지 노트의 내지와 엽서의 질이 매우 좋다. 이들은 수많은 종이를 테스트했을 테고, 종류를 정확히 알 수 없지만 거친 질감과 매끈한 감촉이 함께 느껴지는 종이를 주로 사용한다. 그래서 연필이나 수성펜, 볼펜 등 대부분의 필기구를 사용하기에 적합하다.

연말인 이 시즌엔 다이어리가 주력 상품인데 커버가 모두 패브릭이다. 때가 잘 탐에도 불구하고 왜 이런 소재를 선택했을까 고민해보니, 일 년 동안 사용하는 다이어리의 내구성을 위한 선택이 아니었을까 싶다. 종이는 아무리 하드커버라고 하더라도 모서리가 닳거나 찢어질 수 있는데, 패브릭은 지저분해지긴 하겠지만 일 년 내내 상하지 않기 때문이다. 또한 이들이 디자인한 패턴이 패브릭과 더 잘 어울리기도 했다. 특이한 점은 다이어리 내지에 영어, 프랑스어, 일본어 세 개 언어를 동시에 사용했다는 점이다. 나중에 찾아보니 파피에 티그르 매장은 프랑스뿐 아니라 도쿄에도 있었다. 칸의 간격이 넓고 레이아웃이 잘 나눠져 있어서 글씨의 크기에 상관없이 누구나 편하게 사용할 수 있다.

이외에도 다양한 문구 제품이 있다. 클립보드와 그와 호환되는 사이즈의 메모지가 함께 놓여있어 목적과 선호에 맞게 제품을 선택할 수 있다. 알파벳 모양의 코스터를 조합해서 이니셜 장식품을 만들 수도 있고, 튼튼한 판지로 만들어진 오피스 아이템도 구매할 수 있다. 아름다운 색 조합의 펜과 연필, 발랄한 그래픽이 돋보이는 비교적 저렴한 가격대의 엽서도 눈길을 끈다.

매장을 한 바퀴 돌고 나면 한구석의 스튜디오가 궁금해진다. 괜히 스튜디오 쪽에 있는 제품을 구매하는 척하며 창문으로 스튜디오 안을 구경한다. 마침 디자이너들이 패턴 프린팅한 것을 펼쳐놓고 이야기를 나누고 있다. 미세한 부분까지 표시하며 논의하고, 괜찮은 부분을 가리키며 만족해하는 그들을 보면서 내가 있는 이 공간과 브랜드가 더욱 좋아진다. 그들 스스로가 이 작은 창문을 통해 제품의 품질과 진정성을 보증한 것이다. 제품을 골라 계산대 앞으로 가니 디자이너들 중 한 명이 결제를 도와준다. 자신이 디자인한 문구를 행복한 표정으로 판매하는 이들을 보는 것은 이 문방구의 커다란 매력이다. 기분이 좋으면서도 한편으론 부럽다. 자신이 좋아하는 일을 직업으로 삼고 있다니.

문구 덕후가 아닌 사람에게도 이 문방구는 충분히 매력적이다. 파리에서 저렴한 가격대의 '메이드 인 프랑스' 제품을 발견하기가 꽤 어려운데(있어도 랜드마크가 그려져 있거나 박물관에서 구매했거나 이미 다른 사람들이 구매했을 제품들이 대부분이다), 이곳만의 독특한 패턴과 색감의 문구를 구매한다면 한국으로 돌아와 꽤 오랫동안 파리를 기억할 수 있을 것이다. 마레 지구에 있어 접근성도 좋다.

BISOU
PAPIER TIGRE
PAPIER TIGRE / 5 rue des Filles du Calvaire 75003 Paris / papiertigre.fr
3-10-4 Nihonbashi Hamacho Tokyo 103-0007 / papiertigre.jp

Bows & Arrows

점심으로 쌀국수를 먹으며 구글 지도로 근처 문방구를 검색했다. 보스&애로스 Bows & Arrows가 추천 목록에 떠서 급하게 다녀왔다. 아주 작고 깨끗한 가게다. 문방구로 분류되어 있어 가긴 했는데, 막상 가보니 일본 잡화점에 더 가까웠다. 내부 사진은 찍을 수 없었는데 일본 문구뿐 아니라 불량 식품, 향초, 손톱깎이까지 다양한 품목들을 취급한다. 문구는 대부분 일본 브랜드 펜코의 제품들과 츠바메 노트다. 한국에서도 구매할 수 있는 제품이 대부분이라 굳이 다시 오지 않아도 되겠다는 생각이 들었다.

설레는 마음으로 온 문방구라 실망도 컸지만, 나오면서 메르시에서 했던 다짐을 다시 생각한다. 유명하다고 무조건 기대하지 말고 나만의 시선과 선호로 여행을 채울 것. 구글이 알려준 곳이 아니라 거리에 숨은 더 멋진 문방구들을 많이 발견하자. 비록 오늘 두 개의 문방구는 실패했지만 다른 두 곳은 성공했으니 나름 선방한 셈이다.

부지런한 문구 덕후가 하나라도 더 본다

어제 일찍 숙소에 돌아왔지만 옷도 못 갈아입고 침대에 쓰러지듯 누워 바로 잠이 들었다. 씻지도 못했다. 비바람을 헤치며 문방구 여러 곳을 다니는 게 즐거우면서도 힘들었다. 사진을 찍고 문구를 자세히 관찰하는 일이 꽤나 고됐다. 가게 곳곳을 누비며 조심스럽게 사진을 찍는 것이 생각보다 부끄럽고 긴장되기도 했다. 앞으로 하루에 서너 곳 이상은 돌아다니지 말아야지. 혼자이기에 다행인 점은 일정을 조정하는 것이 자유롭고 일부러 골목을 헤매면서 걸을 수 있다는 것이다. 오늘은 어디 갈까 고민을 하다가 루브르 박물관에 가기로 한다.

파리
세 번째
문방구

Delfonics, 첫 손님의 즐거움

루브르 박물관이 갑자기 생각난 이유는 바로 델포닉스Delfonics라는 문방구 때문이다. 루브르 박물관 지하 쇼핑센터에 위치한 델포닉스는 일본의 문구 브랜드다. 루브르 박물관 지점은 오전 10시에 오픈하는데 매장은 한눈에 볼 수 있을 정도로 작다.

델포닉스 Delfonics
주소 Carrousel du Louvre, 99 Rue de Rivoli, 75001 Paris
홈페이지 www.delfonics.fr

오픈 10분 전에 도착해서 유리문 앞에서 점원이 가게 정비하는 것을 구경했다. 제품의 오와 열을 맞추고 디스플레이를 조금씩 손보는 모습을 지켜보니 빨리 들어가 점원의 손길이 닿은 문구를 직접 만지고, 사고 싶다. 유리창 너머로 가게 안을 살피며 어디부터 어떻게 구경하고, 어떤 제품을 사야 할지 눈으로 익히며 이미지 트레이닝을 한다. 드라마나 소설에서는 이럴 때 시간이 매우 천천히 흐르는데 시간이 생각보다 빠르게 간다. 순식간에 10분이 지났다.

10시가 되자 나와 제품 사이를 가로막던 유리벽은 사라졌다. 머릿속으로 그려놓은

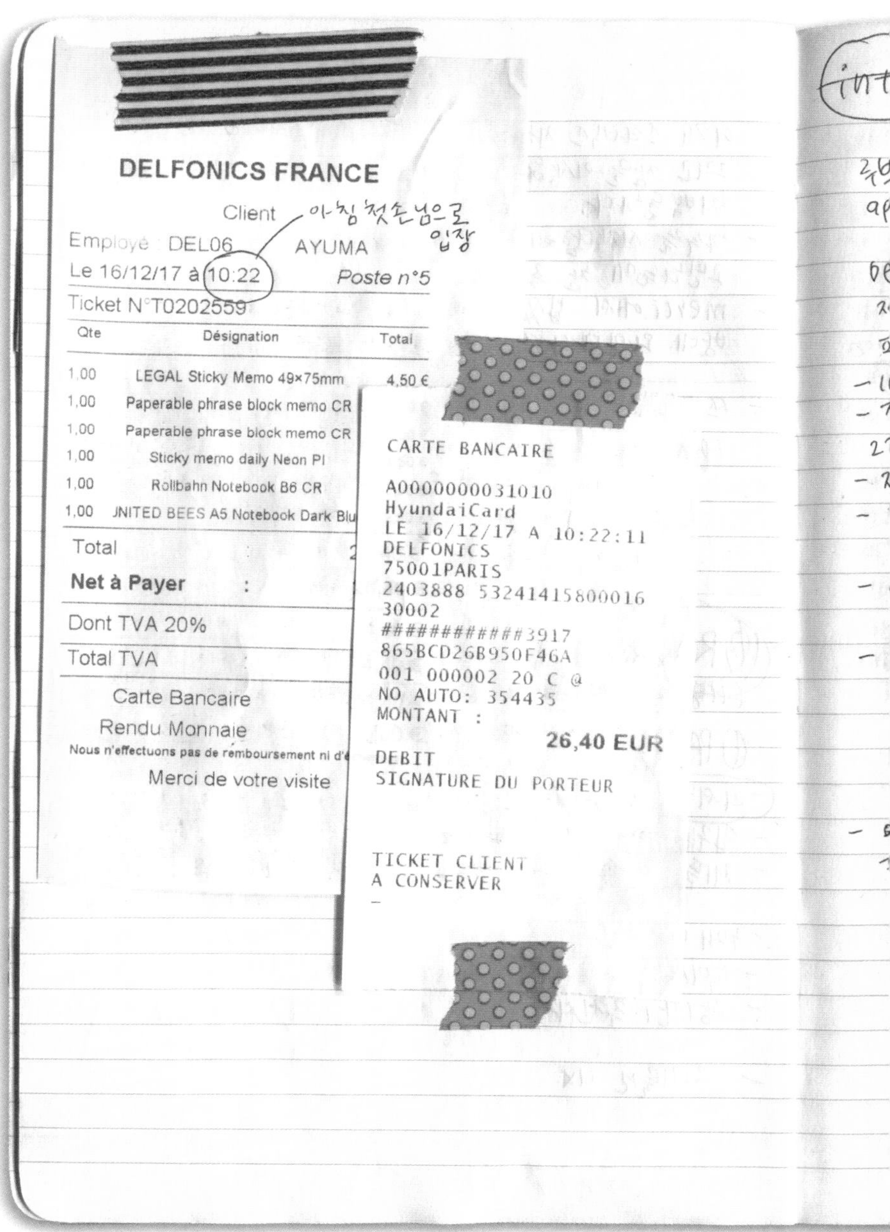
DELFONICS FRANCE
Client
아침 첫손님으로 입장
Employé : DEL06
AYUMA
Le 16/12/17 à 10:22
Poste n°5
Ticket N°T0202559
Qte
Désignation
Total
1,00 LEGAL Sticky Memo 49×75mm 4,50 €
1,00 Paperable phrase block memo CR
1,00 Paperable phrase block memo CR
1,00 Sticky memo daily Neon PI
1,00 Rollbahn Notebook B6 CR
1,00 JNITED BEES A5 Notebook Dark Blu
Total
Net à Payer :
Dont TVA 20%
Total TVA
Carte Bancaire
Rendu Monnaie
Nous n'effectuons pas de remboursement ni d'é
Merci de votre visite
CARTE BANCAIRE
A0000000031010
HyundaiCard
LE 16/12/17 A 10:22:11
DELFONICS
75001PARIS
2403888 53241415800016
30002
###########3917
865BCD26B950F46A
001 000002 20 C @
NO AUTO: 354435
MONTANT :
26,40 EUR
DEBIT
SIGNATURE DU PORTEUR
TICKET CLIENT
A CONSERVER

~~intro.~~ Delfonics 첫손님으로 들어갔다.

루브르 ▽ 피라미드로 나오면 shop이 무지많은데
apple 정면으로 두고 걸으면 나온다.

Delfonics는 일본 문구브랜드로 Delfonics 자체
제품과 Rollbahn 이나 라미, 이토야 제품
펠리칸 등의 제품을 셀렉해서 판매한다.
- 10시 오픈
- 작은규모. 매대가 매장을 두르고 있고 작은매대가
2개 있다.
- 제품군이 다양한 것은 물론이고 셀렉을 진짜 잘한다.
- 퀄리티좋은 제품과, 진정 일본스러운 제품이
잘 진열되어있다.
- 선물용으로 좋은 제품들이 많다.

- 개인적으론 다~ 본의 제품이 구매가치가있어서
루브르에 왔다가 ▽ 역피라미드로 나갈 때 들리면
아-주 좋을 것 같고, 입점한 제품 모두 퀄리티가 좋으니
made in Japan 인것만 빼고는 아~주 훌륭한
문구 기념품이 될 것이다.
- ~~만약 문구에 관심이 없더라도~~ 노트, 펜, 메모지 뿐 아니라
풀, 씰, 문진, 시계, 동전지갑 등 다양한 품목 판다.

동선을 따라 매장을 구경한다. 시계 방향으로 가게를 구경하는데, 작은 가게임에도 제품의 종류가 많고 샘플이 모두 깨끗해서 기분이 좋다. 유독 눈이 가던 제품은 직접 만지니 훨씬 좋았고, 구석에 있어 보이지 않던 제품들을 발견할 때는 보물찾기를 하는 기분이다. 파리에서 일본 제품들은 가격대가 꽤 높은데, 그것마저 중요하게 여겨지지 않을 정도로 품질이 좋다. 델포닉스의 문구는 일본 브랜드지만 아직 한국에서 구매하기 어려운 제품이 많다. 문구뿐 아니라 동전 지갑, 파우치, 시계 등 다양한 디자인 제품을 판매하기 때문에 루브르 박물관을 들르면 방문해봐도 좋다.

오픈 시간을 기다리다가 문방구에 첫 손님으로 들어가는 것은 예고편을 재미있게 보고 곧바로 더 재미있는 본편을 본 격이었다. 문방구가 열리기 전 10분, 설레는 마음을 증폭시킬 훌륭한 선택이었다.

To control the time
Td
TO DO LIST
life cube + function notebook
to those who are
"particular about life."
Start date
Deadline date
To do
Done date
Time table
Memo
Business note
64pages 148 · 210
I recommend this notebook
Rollbahn

Rollbahn®
Ferne Reisen Die Propeller Das Flugzeug Reisen bedeutet
machen weise. drehen sich. gewinnt an Höhe. Leben.
For COLOR
plastic cpg_100
eraser

오르세 카페 12:25 p.m.

델포닉스에서 나와, 엄마와 함께 기념사진을 찍었던 유리 피라미드 앞에 섰다. 엄마에게 전화를 걸어 "엄마랑 왔던 곳에 다시 왔어!"라고 말하는데 그제야 혼자 파리에 있는 것이 제대로 실감이 난다. 부모님과 공항에서 헤어질 때, 난기류가 너무 심해 멀미를 할 때에도 눈물이 나지 않았는데 이제야 울 것 같다. 좋아서, 그리고 슬퍼서. 갑자기 마음이 엉망진창이다. 방금 전까지 문구를 한가득 사서 행복했는데, 불과 몇 분 만에 슬픈 감정이 끼어들었다. 광장 한복판에서 울 수는 없으니 일단 걷기로 한다. 지도를 보지 않아도 갈 수 있는 오르세 미술관으로 가자.

싱숭생숭한 마음으로 꽤 오래 걸었다. 걷다보니 이 감정이 무엇인지 조금 알 것 같다. 여행을 떠나기 직전까지 나는 정신이 없었고 마음이 불안정했다. 몇 년간 쭉 그랬다. 내 마음을 나조차 알아차리지 못했다. 좋은 것을 좋다고, 싫은 것을 싫다고 받아들일 정신적인 여유도 시간도 없었다. 심지어 방금 전까지도. '내가 파리에 왔구나. 지금 마레 지구를 걷고 있네' 정도의 일차원적인 느낌만 있었다. 그러다 엄마와 왔던 유리 피라미드 앞에 혼자 서있으니 지금의 나는 이전과 완전히 다른 존재처럼 느껴졌다.

난 지금 아무것도 할 게 없기에 무엇이든 할 수 있는 사람이다. 해야 할 과제도, 마쳐야 할 일도 없는 깨끗한 무계획의 인간이다. 그렇기에 감정을 있는 그대로 표출하고 마구 호들갑을 떨어도 된다. 이제 막 태어난 사람처럼 온몸의 세포가 눈을 뜬 것 같다. 지금까지 내가 나를 너무 함부로 대한 것을 반성한다. 마음껏 좋아하고, 흥분하고,

슬퍼하고, 좌절하고, 행복하고, 설레고, 실망해야지. 그 사실을 깨닫고 나니 너무 좋아서 울고 싶어졌다. 이 여행이 나에게 축복이라는 것을 취업 준비생으로서의 책임감을 핑계로 부정했지만 이제 인정하고 즐겨야겠다.

마음이 정리되고 내면에 평화가 찾아왔다. 기쁜 마음으로 미술관에 들어가니 웬걸. 모네의 작품 앞에 서니 자괴감이 몰려온다. 나는 정말 나약한 인간일 뿐이다. 방금 전까지 새롭게 태어난 기분에 들떴는데 또 우울해진다. 파리에 도착해서 이런저런 핑계를 대며 준비해온 작업 목록을 꺼내보지도 않았다. 해야 할 것을 제대로 하지 못하는 나의 모습이 너무도 부끄럽다. 대작 앞에서 감히 할 생각은 아니겠지만 이것이 내 솔직한 심정. 내가 이렇게 느끼는데 어쩔 방도가 없다.

여행은 살아보는 것

여행 일주일 차가 된 오늘. 아침에 일어나 센강에서 조깅을 한다. 일주일 내내 걸었던 익숙한 길을 운동하기 위해 걸으니 기분이 색다르다. 이런 게 하고 싶었던 걸까. 아침에 눈을 뜨고, 밥을 먹고, 운동을 하고. 아주 기본적인 것들을 규칙적으로 할 수 있어서 의미 있는 여행이다.

일 년 전 파리에 왔을 때는 모든 것이 처음이라 겁을 많이 먹었고, 내가 지켜야 할 엄마가 있었다. 그래서인지 파리는 정신없고 불친절하고 더럽다는 인상이 강했는데, 이곳에 사는 것처럼 여행을 하니 도시 곳곳에 낭만이 가득하다. 꼭 쇼핑을 하고 유명 관광지와 맛집을 다녀야 여행이 아니라는 것을 몸과 마음으로 느낀다. 쇼핑백 개수와 기념품의 양을 헤아리는 것이 아니라 나의 시선으로 도시를 눈에 담고, 듣고, 기억하는 경험을 하고 있다. 이 마음을 여행 내내 지켜야겠다.

파리
네 번째
문방구

Mélodies Graphiques, 질투는 나의 힘

나는 원래 질투가 없다. 해봤자 '부럽다' 정도지, '질투'라는 단어를 사용할 만큼 샘이 난 적은 드물다. 그러나 아끼고 아껴 파리 마지막 일정으로 남겨둔 이 문방구에 들어서자마자 나는 질투심에 휩싸이고 말았다.

멜로디스 그라피크
Mélodies Graphiques

주소 10 Rue du Pont Louis-Philippe, 75004 Paris

인스타그램
@melodiesgraphiques

가게 입구 카운터에 앉은 주인의 자리 뒤로 수많은 편지와 엽서, 그리고 한눈에 봐도 오래된 잉크병이 가득하다. 그가 쌓아온 문구인으로서의 인생에 샘이 났다. 쉽게 얻은 인생이 아니겠지.
문방구 곳곳에서 문구를 사랑하는 이가 쌓아온 세월의 흔적이 보인다. 이 공간은 이곳의 주인인 에릭 그 자체다. 셔츠 차림에 정갈하게 넘긴 머리, 금테 안경. 단정하고 차분한 차림새를 한 그는 낡은 계산대 뒤에 서서 무엇인가를 적고, 포장하고, 설명하고 있다. 가게에는 그가 선곡한 클래식이 흘러나온다. 자장가처럼 나긋한 선율에 긴장은 자연스레 내려놓아진다.
들리는 소리는 음악 소리와 종이 넘기는

소리, 그리고 가게 한가운데에 있는 커다란 노트에 고객이 만년필을 사각사각 시필하는 소리뿐이다. 이 안의 모든 사람들이 큰 소리를 내지 않기로 약속이나 한 것처럼 조용하다. 문구에 집중할 수 있는 최적의 분위기다.

가게에 들어가면 왼쪽부터 시계 방향으로 구경하는 것이 좋다. 가게를 돌며 좋은 클래식 음악 한 곡을 듣는 듯 문구의 기승전결을 경험해보자. 시작은 엽서와 노트다. 이탈리아산 고급 종이로 만든 편지지와 페르시안 스타일의 노트, 아주 오래된 레터프레스(종이에 압력을 가하는 전통적인 인쇄 기법) 엽서까지 기록의 바탕이 되어주는 종이들을 구경할 수 있다. 나는 클래식한 장식 디자인에는 별로 관심이 없었는데, 이 문방구에서 장인 정신이 깃든 디자인들을 구경하고 나서는 나도 몰랐던 나의 취향을 발견할 수 있었다.

또한 시중에서 쉽게 구하기 힘든 양피지나 핸드메이드 종이와 노트를 구경하고 살 수도 있다. 이 시간을 거치다보니 종이의 세계가 점점 넓어진다. 샘플이 따로 없기에 제품 하나하나를 소중히 다뤄야 하고, 너무 오래 만지지 않는 것이 좋다. 그렇지만 특별한 재질의 노트를 고르는 데에는 촉감이 큰 역할을 하니 노트 귀퉁이를 쓰다듬으며 살펴보는 것을 추천한다.

노트와 엽서 코너를 지나면 잉크병 코너가 나온다. 종류가 무척 다양한데, 컬러는 샘플지를 보고 확인할 수 있다. 요즘은 카트리지를 넣어 사용하는 만년필이 보편적이라 잉크병이 생소할 수 있지만,

잉크병과 함께하는 문구 생활은 무언가 신비롭다. 클래식한 디자인의 라벨이 붙은 병 안에 잉크가 담겨있는데, 직접 사용하기 전까지는 어떤 색인지 정확히 알 수 없다. 라벨에 원료를 그린 일러스트가 있어 색을 추측할 뿐이다. 그 원료가 잉크가 되는 과정을 상상하는 것도 꽤 즐거운 일이다.

잉크를 보고 뒤를 돌면 자연스럽게 가게 중앙의 만년필 시필대 앞에 서게 된다. 다양한 종류의 만년필을 시필할 수 있다. 촉을 잉크에 담가 쓰는 전통적인 방법을 경험할 수도 있고, 앞선 고객들이 남긴 낙서나 그림도 구경할 수 있다. 무엇보다 촉의 종류에 따라 달라지는 꺾임의 정도, 글자가 써지는 속도, 종이를 긁으며 내는 소리들을 비교할 수 있다. 만년필 촉이 잉크병에 푹 담겼다가 종이를 긁으며 색색의 길을 만든다. 내가 생각하는 이 문방구의 클라이맥스다.

구매하고 싶은 제품을 주인에게 건네면 주인은 뒤에 있는 포장용품 꾸러미에서 종이를 골라 포장을 해준다. 포장하는 것을 구경하는 것도 놓치기 싫은 재미지만 자연스럽게 그의 뒤에 있는 편지지와 엽서에 눈이 간다. 각국에서 주인에게 보낸 감사 편지와 엽서들…. 그 응원과 애정을 등에 업고 정성스럽게 내 제품을 포장하는 모습을 보니 그가 쌓아온 문구 생활이 더 탄탄하게 느껴져 또다시 샘이 난다.

포장하는 것을 지켜보는 것도 좋지만, 카운터 옆 매대에는 스티커와 책갈피가 잔뜩 있으니 아쉬운 마음이 들거든 포장이 끝나기 전에 추가 구매하는 것이 좋다. 페르시안 느낌이 나는 클래식한 스타일의 제품이

CAVE CANEM
Mélodies Graphiques

많은데 여행 내내 이와 비슷한 스타일의 문구를 발견한 적이 없다. 이 문방구에서만 구매할 수 있는 특별한 상품이 확실하다.

정신없이 가게를 구경하고 정성스럽게 포장된 문구를 건네받으면 비로소 멋진 곡 하나를 다 들은 것 같은 기분이 든다. 묵직한 나무 문을 열고 밖으로 나오면 크게 숨을 내쉬게 될 만큼 이곳의 분위기는 강렬하다. 몇십 명의 오케스트라 단원을 지휘하는 지휘자와 같은 주인과 그의 손짓에 따라 조화롭게 자리 잡은 문구들. 그리고 어느 포인트에서든 끼어들 수 있는 객원 연주자인 고객들. 그러니 멜로디스 그라피크는 시간을 오래 두고 천천히 구경할 것을 권한다. 이 문방구의 앵콜곡은 문 양옆의 쇼윈도다. 오래된 대용량 잉크병, 수작업으로 만든 페르시안 스타일의 포장지, 주인이 소장하고 있는 문구들을 원 없이 구경할 수 있다.

펠로디스 그라파크 만년필 시필

어딜 걷든 영감이 떠오르는 곳

루브르 궁 근처에서 조깅을 하고 숙소에 돌아와 아침을 먹었다. 베를린으로 가는 날이기에 평소보다 든든히 먹고, 짐을 쌌다. 그리고 지금은 베를린 행 비행기 안이다. 파리는 별 기대 없이 비행기 티켓이 저렴해서 선택한 여행지였는데, 이번 여행에서 파리의 매력을 발견했다. 어딜 걷든 영감이 떠오르는 곳. 낭만이 가득하다. 다시 오길 참 잘했다.

지금 가는 베를린이 살짝 걱정이다. 처음 가는 도시에서 한 달을 있어야 한다. 두려운 마음이 앞서는 지금, 비 오는 밤에 호스텔에 잘 도착해야 한다는 생각뿐이다. 내일 당장 무엇을 해야 할지 모르지만 분명 즐거운 일을 찾을 수 있을 것이다.

2

베를린

기록광을 위한 도시

베를린의 문방구

- LUIBAN
- Modulor
- R. S. V. P.
- VEB Orange

Was war inzwischen
Anruf von
Besuch von
Firma
Anschrift
DIESEN BEREICH SCANNEN!
PLEASE SCAN THIS AREA!
Sie benötigen das Ticket zum Verlassen der Ausstellung.
You will need this ticket to leave the exhibition.
DDR museum
GESCHICHTE ZUM ANFASSEN
A HANDS-ON EXPERIENCE OF HISTORY
BERLIN MITTE
GESCHICHTE ZUM Abreißen
DDR Museum, www.ddr-museum.de
144295
144294
.facebook.com/
Einzelfahrausweis
Regeltarif
2.80
00107
BVG
Modulor GmbH
Prinzenstraße 85
10969 Berlin
U Moritzplatz
Öffnungszeiten
Sa 10:00-18:00
Steuernummer 29/020/02541
0000KBC016000062743
PAW Trans: 72151
11.06.19 17:56
Betrag
Artikelnr.: 0184358
Büroklammern Eule, silber
15 x 27 mm, 100 Stück
3 st @ 1,90EUR/st 5,70 19
Artikelnr.: 0184349
Büroklammern Eule, silber
12 x 22 mm, 100 Stück
3 st @ 1,65EUR/st 4,95 19
Artikelnr.: 0184312
Büroklammern Circular,
silber ø 20 mm, 50 Stück
1 st @ 3,80EUR/st
Artikelnr.: 3010579-SET
Sticker Paper Poetry
Ø 8 mm, neon 4 Farbe
Stück
2 set @ 2,80EUR/set
Artikelnr.: 3010578-
Sticker Paper Poet
„WEIL IC
WAR

베를린 첫날, 새 마음

다른 사람들은 다 잔다. 아마 밤 늦게 들어왔겠지. 이곳은 클럽이 많아 사람들 대부분이 밤에 논다. 나는 아침 여섯 시에 눈이 떠져 빈둥대다가 지금에서야 펜을 든다. 이곳에서 지낼 나의 자리는 한 평, 침대 하나다. 마음에 든다. 특히 머리맡에 있는 220v 콘센트 두 개와 침대 위의 작은 조명으로 마음이 풍족해진다.

호스텔 밖은 미지의 세계. 나는 이 도시에 머무는 한 달 동안 무엇을 하게 될까? 물가도, 지리도, 언어도 모르는 곳에서 가장 먼저 해야 할 일은 숙소에 오는 길을 익히는 것. 부디 매일 밤 아무 문제 없이 이곳을 잘 찾아오기를. 이제 씻고 나가야지.

베를린 첫 느낌

베를린은 흡사 레고로 만든 동네 같다. 각지고 네모난 건물들이 다닥다닥 붙어있다. 지금까지 여행한 유럽의 도시 중 가장 단순한 모양새다. 호스텔 밖으로 나와 무작정 걷는데 거리에서 만나는 대부분의 것들이 시각적으로도, 사용하기에도 좋았다. 독일 사람들은 어린 시절에 기초 디자인 수업을 의무적으로 받는 걸까? 슈퍼의 작은 표지판 하나도 이렇게 세련되다니.

보기에 좋은 떡이 먹기도 좋다고 했다. 베를린은 보기에도 좋고 먹기에도 좋은 도시다. 물가가 굉장히 싼데, 특히 먹을 것이 싸다. 점심으로 손바닥 두 개를 합친 것보다 큰 샌드위치와 콜라를 4유로(한화로 5,000원 정도)에 샀는데 반 정도 먹고 남길 정도로 양이 넉넉했다. 빵 사이에 내용물이 꽉 차있는데 맛도 훌륭하다. 샌드위치를 먹으며 오늘 하루 동안 해야 할 일을 생각한다. 꼭 오늘 하지 않아도 될 일을 모두 지우고 나니 하나만 하면 된다. '한 달 동안 사용할 생필품 사기.'

오늘은 짐을 줄이기 위해 생략한 샴푸, 세면도구 등을 사야 한다. 이 모든 것을 한 번에 살 수 있는 드럭스토어 DM에 갔다. 보디 오일, 샴푸, 치약, 수건, 심지어 물까지 다 샀는데 욕실 슬리퍼를 못 샀다. 공용 샤워실에서 씻어야 하는데, 욕실 슬리퍼가 없으면 낭패다. 맨발로 다니자니 찝찝하고 샤워하자마자 운동화를 신자니 더 찝찝하다. 이런저런 마트를 다 둘러봤는데 비싼 슬리퍼만 있고 욕실 슬리퍼를 찾지 못했다. 해가 질 때까지 동네 곳곳을 돌아다녔지만 끝내 못 샀다.

슬리퍼를 사지 못해 생긴 짜증을 달랠 길은 문방구다. 오늘은 사진을 찍는 것보다 매일 드나들 문방구의 위치와 품목을 익히는 데 집중할 것이다. 가벼운 마음으로 숙소 근처에 있는 문방구에 갔다. 그리고 운명처럼 루이반LUIBAN과 R.S.V.P.를 만났다. 이 두 곳은 베를린에서 지내는 한 달 동안 나의 안식처이자 방앗간이 되었다.

베를린
첫 번째, 두 번째
문방구

LUIBAN, R.S.V.P.

이 세상 단 한 장의 원본, 손 편지

베를린은 기록물을 매우 중요하게 생각하는 도시다. 중요한 문서에 서명을 하거나 내용을 기입할 때는 파란색 펜으로 작성해서 일반 텍스트와 분명히 구분한다. 게다가 카드 내역서, 장학금 증명서, 택배 영수증처럼 한국에선 디지털로 관리하는 정보를 아직까지도 종이 서류로 관리한다. 서류 대부분이 우편으로 오기 때문에 우체국과 우편함이 매우 중요하다. 게다가 의무적으로 장기 보관해야 할 서류가 많아서 사무실뿐 아니라 가정집에도 바인더가 잔뜩 있다. 트램이나 지하철 안에서도 휴대폰보다는 책이나 수첩을 든 사람이 더 많고, 베를린에 사는 독일인 친구는 휴대폰만 계속 붙잡고 있는 것을 구식이라고("Old-fashioned!") 말하기도 했다.

베를린에서 유명한 두 문방구 루이반과 R.S.V.P.를 보면 이 생각이 더 선명해진다. 두 문방구 모두 호스텔에서 걸어갈 수 있을 정도로 가까운 거리에 위치하고,

루이반 LUIBAN

주소 Rosa-Luxemburg-Straße 28, 10178 Berlin

홈페이지 www.luiban.com

R.S.V.P.

주소 Mulackstraße 26, 10119 Berlin

홈페이지 www.rsvp-berlin.de

편집숍이 많은 미테 지구에 있어서 거의 매일 들렀다. 숙소를 에어비앤비로 옮기고서는 트램 탈 돈을 아껴 하루에 두 시간씩 걸어서 방문했고, 아낀 교통비로 문구를 샀다. 편지지, 클립, 세일하는 노트, 지우개, 마스킹테이프, 수첩, 엽서, 봉투, 스티커 등…. 어떤 날은 사고 어떤 날은 구경했다. 혼자서도 가고 친구들과도 갔다. 문구를 잔뜩 산 날이 있는가 하면 오래 머물렀지만 하나도 못 사고 나오는 날도 있었다. 베를린에서 생활하는 동안 두 문방구는 낯선 도시에서의 이정표처럼 내 행동반경의 중심이자 가장 편안한 장소가 되어주었다. 나중에 다시 베를린에 방문했을 때는 두 곳 모두 지도 없이 찾아갈 수 있을 만큼 익숙했다.

루이반과 R.S.V.P.는 인테리어나 규모, 분위기는 다소 다르지만 주로 '종이'를 취급한다는 점에서 닮았다. 특히 편지지와 엽서를 선택하는 안목이 훌륭하다. 미적 기준뿐 아니라 품질 또한 높은 수준이어서 어떤 것을 선택하더라도 종이 품질 때문에 실망한 적은 없다. 또한 구매한 편지지, 엽서, 봉투의 출처(국가 또는 스튜디오)를 말 또는 글로 설명해주기에 제품이 어디에서 왔는지 정확히 알 수 있다.

두 문방구에 차이가 있다면 루이반은 편지지, 엽서, 노트뿐 아니라 마스킹테이프나 클립, 가위 같은 다른 문구들도 취급한다는 것이다. 대부분의 사람들이 가게 왼편에 쌓여있는 마스킹테이프를 보고 홀려서 들어오는데, 수십 개의 마스킹테이프들이 쌓여있는 모습은 그 자체만으로도 하나의 작품 같다. 하지만 이 가게에서 사람들이 가장 오래 머무는 공간은 엽서 매대다. 빈티지한 매대 위에 겹겹이

진열되어 있는 편지 봉투는 특이하면서도 실용적인 것이 많다. 밥값과 교통비를 아낀 돈으로 진열된 봉투 대부분을 구매했는데, 매일 새로운 제품이 조금씩 채워져 있어 마지막으로 방문한 날에는 '가진 것을 다 내놓으라!'고 외치고 싶을 정도였다. 매대 바로 위에 있는 벽에는 판매하는 봉투들이 전시되어 있는데 봉투를 하나씩 모을 때마다 '이제 나도 저건 있어'라는 생각에 뿌듯했다.

두이반의 봉투 매대

반면 R.S.V.P.의 편지지와 봉투는 커다란 선반 위에 가지런히 누워있다. (R.S.V.P.는 매장 두 곳이 마주 보고 있다. 종이를 다루는 매장과 그 외의 것을 다루는 매장으로 구분된다. 이 책에서는 종이를 다루는 매장을 중심으로 이야기한다.) 모두 직접 만지고 들여다보면서 천천히 고를 수 있지만 지나치게 가지런해서 나의 작은 손길이 거대한 작품을 망가뜨리는 것 같아 조심스러워진다. 루이반의 제품들은 색감, 스타일이 다양한 반면 R.S.V.P.의 제품은 그래픽이 아예 없거나 차분한 제품이 대부분이다. 그래서인지 깨끗한 종이의 힘을 더 강력하게 느낄 수 있다. 단정히 놓인 종이를 보면 그리운 이들의 이름과 하고 싶은 말이 잔뜩 떠오른다.

나는 문방구를 나올 때면 매번 한국에 있는 보고 싶은 사람들의 이름을 생각한다. 그리고 자연스럽게 그들에게 쓸 편지를 어떤 문장으로 시작할지 고민하며 집으로 돌아온다. 내내 곱씹은 첫 문장을 따끈따끈한 편지지에 풀어놓을 때면 문구 여행의 의미가 바로 선다. 그리운 이들에게 줄 수 있는 단 하나의 원본. 내가 직접 쓴 편지. 단 한 문장만 적더라도 그 편지는 세상에 존재하는 단 한 장의 원본이기에, 그 자체로 충분히 훌륭하다.

R.S.V.P.의 편지지와 봉투 매대

아침, 화장실 소동

아침에 일어나서 괜히 빈둥댔다. 그러다 어제 하루를 알차게 보내기로 결심한 것이 생각나 부랴부랴 로비로 내려갔다. 아침밥을 먹으며 이것저것 정리하고, 글을 쓰는데 갑자기 화장실이 가고 싶어졌다. 부랴부랴 방에 올라갔는데 열쇠가 말썽이다. 로비까지 갈 여유가 없어서 비상구 계단을 뛰어올라 위층으로 갔다. 장애인 화장실이 보여 들어갔는데 무엇이 문제였는지 볼일을 다 볼 때까지 삐용삐용 경고음이 계속 울렸다. 노크 소리도 들리고…. 추측컨대 내가 불을 켜려다가 구조 요청 버튼을 누른 것 같다. 밖이 조용해진 틈을 타서 후다닥 뛰쳐나왔다. 아, 창피하다.

우리의 만남은 우연이 아니야

이제 곧 해가 질 거다. 베를린에서 며칠 지내보니 겨울에는 세 시 반 정도면 해가 지는 게 몸으로 느껴진다. 하루를 벌써 마무리할 수는 없어서 급하게 호스텔에 들러 아이패드를 챙겼다. 엊그제 갔던 카페가 괜찮아서 다시 갔다. 대신 다른 길로 가보기로 했다. 초행길을 두리번거리며 걷는데 저 멀리 'papier'라는 단어가 눈에 띄었다. 종이를 뜻하는 단어라는 감이 왔고, 저곳은 곧 문방구라는 확신이 들었다. 들어가보니 역시나 문방구다. 그것도 오래된 문방구다. 학교 앞에 있는 작은 문방구처럼 모든 선반에 제품이 빼곡하게 채워져 있다. 주로 필기구와 노트, 사무용품을 취급하는데, 먼지가 켜켜이 쌓여 그 누구도 더는 사지 않을 것 같은 오래된 문구를 구경하는 재미가 쏠쏠하다. 커버가 노랗게 변색된 영수증 수첩, 잉크가 굳은 볼펜, 색이 바랜 편지지와 편지 봉투, 포장지의 문구가 다 지워진 지우개…. 문방구의 세월을 느낄 수 있는 제품을 보며 '오래된 문방구의 멋'을 깨닫는다.

문방구가 오래가려면 어떤 매력을 갖춰야 할까. 초등학생 때 집 앞에 있던 문방구가 떠올랐다. 무엇이든 다 있는 만물상. 먼지를 후후 불어가며 보물을 찾는 보물섬. 수많은 흔적을 담은, 그래서 더럽혀도 부담 없는 낙서 가득한 스케치북 같은 공간….

오래된 카드기를 꾹꾹 누르며 계산하는 문방구 주인의 주변을 살피니 만년필, 양장 다이어리, 문진 등 소중히 여기는 문구가 가득하다. 주인이 매일 문구에 둘러싸여 자신의 보물섬으로 놀러온 사람들을 흐뭇하게 바라볼 것을 상상하니 내가 꿈꾸는 문방구가 조금 더 선명해진다.

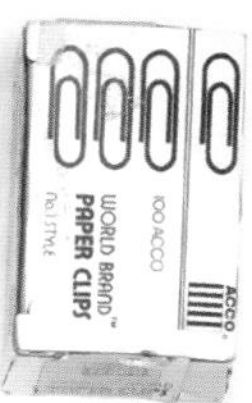

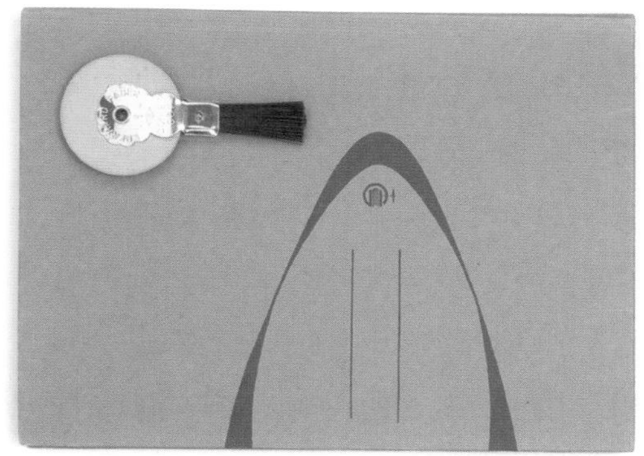

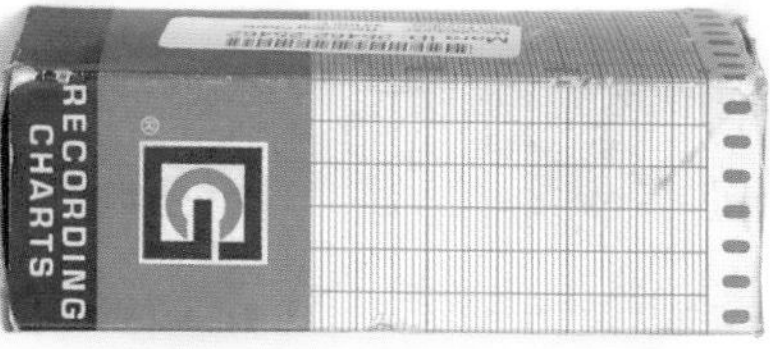

평범해서 특별한 하루

어제 먹은 커리부어스트(소시지에 토마토 소스와 카레 가루를 뿌린 음식)가 자꾸 생각나서 자기 전에 '커리부어스트 먹기'를 중요한 할 일로 적어두었다. 미루지 않고 바로 실행에 옮겼다. 크리스마스 마켓에서 커리부어스트를 사 먹고 지금은 어제 갔던 카페에 다시 왔다.

이 카페의 장점은 '코워킹 스페이스'라는 것이다. 다양한 분야의 사람들이 공간을 공유하며 일하는 곳이라 그런지 여행객은 거의 없고 프리랜서로 일하는 사람들이 대부분이다. 여기에서 작업을 하면 마치 내가 베를린에 사는 사람처럼 느껴진다. 그래서 작업이 더 잘되는 것 같기도 하다. 여행에서 새로운 경험으로 나를 자극하는 것이 아닌, 편안하고 마음에 드는 공간을 익숙한 장소로 만드는 즐거움을 알아간다. 내가 좋아하는 것을 마음껏 좋아해보자! 숙소로 돌아가는 길, 거리가 꽤나 익숙해졌다.

텅 빈 도시 7:54 p.m.

(이미 시작한 것 같지만) 내일부터 연말까지 긴 연휴로 도시가 텅텅 빈다. 상점도 문을 열지 않고, 사람들도 집에서 가족들과 시간을 보낸다. 나의 집은 호스텔인데, 로비에 하루 종일 앉아있을 생각을 하니 너무도 처량하다. 내일은 마우어파크에 걸어가기로 했다. 크리스마스 이브라 플리마켓은 열리지 않겠지만 로비에 앉아 감자칩을 먹으며 영화를 보는 것보단 재미있을 것 같다.

여행을 단단하게 만드는 힘

아침 8시에 눈을 떴다. 점점 일어나는 시간이 늦어진다.
오전 일과는 매일 비슷하다. 공용 욕실에서 씻고 로비에서 중국어 단어를 외우고, 포트폴리오에 넣을 일러스트 스케치를 한다. 목표한 만큼은 아니지만 아침마다 스스로 세운 계획을 실행하는 것이 여행을 단단하게 만들어준다. 취업에 대한 불안을 최소한의 작업으로 달래며, 조금이라도 할 일을 하고 있으니 이 여행이 마냥 의미 없지만은 않다고 스스로를 위로한다. 당분간은 능률보다 꾸준히 하고 있다는 행위 자체에 집중해야지.

2:25 p. m.

이 글을 쓰는 지금은 살짝 흥분한 상태다. 일요일이면 마우어파크에서 플리마켓이 열리는데, 오늘은 크리스마스 이브여서 열지 않았다. 아쉬운 대로 공원 산책을 하는데 어떤 독일인 아저씨가 오더니 내 사진을 찍어 자신의 다큐멘터리에 쓰고 싶다고 했다.
원래 사진 찍히는 걸 엄청 싫어하지만, 텅 빈 공원에 한 시간을 걸어서 온 이유를 만들고 싶어서 알겠다고 했다. 두 장을 찍고 확인을 하는데 바람에 머리카락이 하늘로 솟은 이상하고 웃긴 사진이 찍혔다.
그는 사진이 너무 마음에 든다며 다큐멘터리가 완성되면 이메일로 보내주겠다고 메일 주소를 알려달라고 했다. 수첩과 볼펜을 건네받고 메일 주소를 적었다. 다시 돌려주려는 찰나, 그가 펜은 선물이라며 가지라고 했다.

갑자기 받은 펜 선물. 여행을 오면서 당연히 문구는 내 돈을 주고 사는 것이 전부일 거라고 생각했는데, 처음 만난 독일인에게 펜을 선물로 받다니. 적어도 오늘 하루 동안 그 사람과 작은 기록이라도 함께했을 펜이 나에게로 왔다. 펜의 기능을 뛰어넘어 그 펜으로 적었을 수많은 이야기를 상상하게 됐다. 나에게 찾아온 우연한 문구 덕에 마음이 따뜻해진다. 사진을 찍는다고 하길 정말 잘했다. 아니 여행을 하길 잘했다.

여행 이 주차를 기념하며

큰 경험에 집착하지 않고, 작은 경험부터 차곡차곡 모으기로 한다. 도시 곳곳에서 볼 수 있는 차분하고 단정한 색감과 하루에 20분 정도만 볼 수 있는 파란 하늘. 땅을 울리는 트램 소리와 칠흑처럼 검은 빛깔의 슈프레강. 이것들을 매일 온몸에 두른다. 생각하고 기억한다. 그 무게가 가볍지도, 무겁지도 않아서 부담 없이 머물 수 있는 베를린. 나의 문구 세계는 점점 넓어지고 있고, 이 여행을 통해 나는 나를 더 사랑하게 된다.

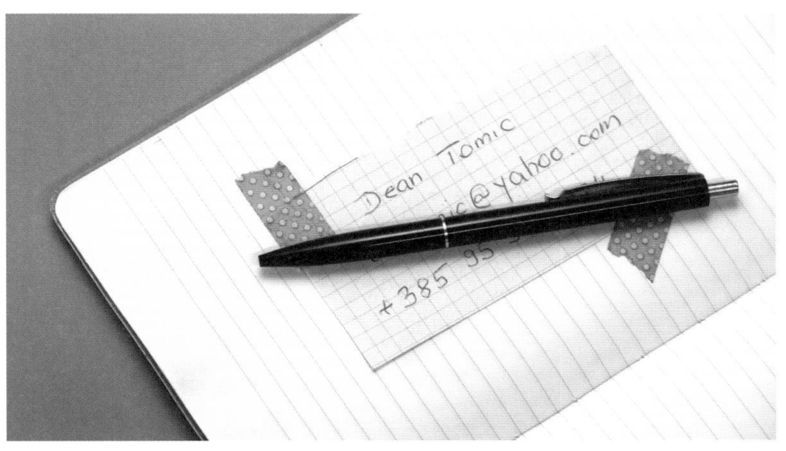

독일인에게 선물 받은 펜

베를린
세 번째
문방구

Modulor, 모두를 위한 화방

오늘은 문방구에 가기로 한 날이다. 오늘이 아니면 연휴가 절정인 다음 주까지 못 갈 것 같아서 부랴부랴 짐을 챙긴다. 조금 먼 곳까지 가보기로 해서 모듈러 Modulor 로 간다. 걸어가면 꼬박 40분이 걸린다. 지하철을 탈까 생각하다가 그 돈을 아껴서 문구를 하나라도 더 사리라 마음을 먹고 걷는다. 40분을 걸으면 노트 하나를 살 수 있으니까.

모듈러 Modulor

주소 Prinzenstraße 85, 10969 Berlin

홈페이지 www.modulor.de

모듈러는 베를린 중심가에서 조금 벗어난 모리츠플라츠 역 근방에 있다. 단정하고 넓은 건물, 큰 입구와 자동문, 독일어와 영어로 적혀있는 안내판을 통해 베를린 특유의 깔끔한 공공디자인을 경험할 수 있다.

매장은 화이트 톤의 인테리어와 밝은 조명으로 화방보다는 대형마트처럼 느껴진다. 때문에 구매 의사가 없어도 무의식적으로 바구니를 챙기게 된다. 모듈러의 모든 매대와 선반들은 깔끔하고 효율적으로 디자인되어 있다. 제품에 맞춰 매대가 디자인된 것처럼 (그럴지도 모른다. 독일이니까!) 모든 물건들을 구경하고, 꺼내고, 사용해보기 쉽다. 특히 샘플 제품이 놓인 높이와 위치가 적절하고, 샘플을 사용하지 못하는 문구의 경우 바로 옆에 정확한 설명과 함께 활용 예시가 붙어있다. 초보자도 이 문구와 재료를 어떻게 사용하면 좋을지 쉽게 이해할 수 있다. 가장 좋은 것은 수채화, 조소, 가죽 공예 등 특정 작품을 위해 필요한 문구와 재료를 하나의 매대에 모아 같이 판매하고 있어 재료에 쉽게 접근할 수 있다는 점이다. 이런 점에선 화방을 뛰어넘어 라이프스타일 편집숍처럼 느껴지기도 한다.

매대들 사이가 넓어서 한곳에 오래 머물러도 부담이 없고, 천장이 높아서 답답하지 않다. 살짝 시선을 올리면 현재 어느 위치에 있는지 표지판을 통해 파악이 가능하고, 곳곳에 안내판이 있어 길을 잃지 않고 원하는 문구를 구매할 수 있다. 나는 바이컬러펜슬을 찾아다녔는데, 쉽게 찾아 꺼낼 수 있었다. 밝은 실내, 깨끗하고 잘 정돈된 샘플 제품, 언제든 도움을 청할 수 있는 거리에 있는 직원들.

파리에서 방문한 루지에&플레의 분위기와는 상반되지만 이 화방 또한 공간의 분위기를 만드는 것은 사람이다. 모두가 부담 없이 문방구를 즐긴다. 예술가가 아니어도 이곳에 와 있는 것이 전혀 이상하지 않은 화방이다. 다이어리를 고르는 커플, 커다란 액자를 주문하는 남자, 석고상을 구경하는 아이와 그 옆에서 종이를 고르는 엄마, 여행자처럼 보이는 사람들은 엽서를 살펴보고 스태프들은 분주하게 매대를 정리한다. 노인은 시필대 앞에 서서 여러 가지 연필을 신중하게 모듈러는 아날로그 키퍼 공간을 꾸려나가야 할 지금의 나에게 교과서와 같은 공간이다. 문구와 미술 도구에 관심이 없는 사람들도 즐겁게 체험하고 상상할 수 있다.

문구를 좋아하는 사람을 더 좋아할 수 있게 만드는 것은 쉬워도, 관심이 없는 사람에게 호기심을 불러일으키는 것은 매우 어렵다. 독특함보다 기본에 충실하자는 교훈을 얻었다.

테스트하고 학생들은 그래피티용 스프레이를 고르는 풍경.

문구의 재료나 형태보다 그 사람이 무엇을 하고 싶은지에 초점을 맞춘 모듈러에서, 나는 신년 카드를 직접 만들기로 다짐한다. 그리고 모듈러 곳곳을 누비며 바구니 가득 색색의 종이와 스티커, 물감과 붓을 담는다. 계산대에서 결제를 마치고 뒤를 돌아본다. 여행자의 시선으로 이 공간 속의 사람들을 보니 무척 부럽다. 내가 만약 베를린에 산다면 그 누구보다 이 공간을 잘 향유할 수 있을 텐데.

필요한 문구가 생기면 바로 달려올 수 있는 곳, 떠오르는 영감을 표현할 새로운 재료와 문구에 주저 없이 도전하고, 모르는 것에 대한 해답을 찾을 수 있는 곳. 무엇보다도 모듈러는 무언가에 도전할 수 있도록 용기를 주는 곳이다. 여행 중 뭔가를 만들어보고 싶다면 망설이지 말고 달려가보자. 깨끗하고 환한 공간에서 마음껏 문구에 집중하고 상상할 수 있으며, 오랜 시간 머물러도 부담이 없다.

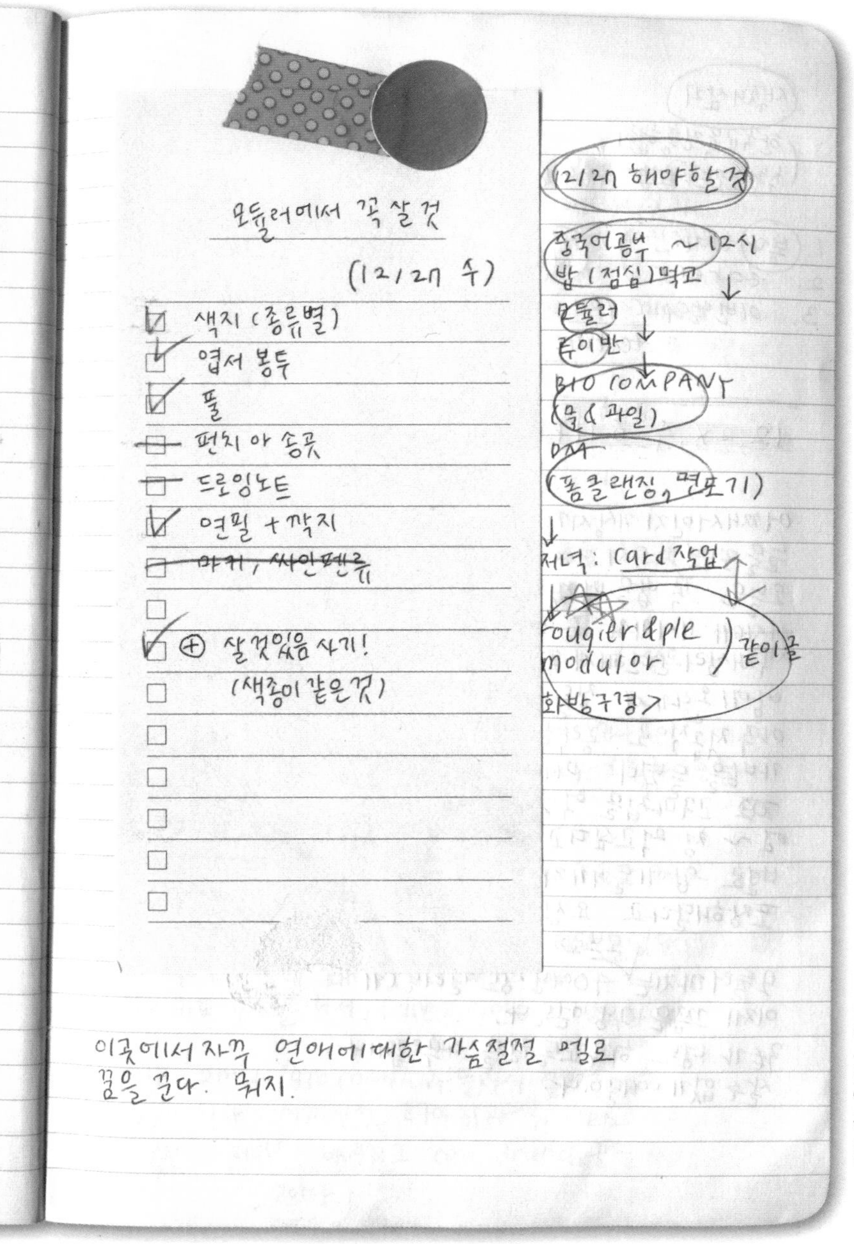
모듈러에서 꼭 살 것
(12/27 수)
색지 (종류별)
엽서 봉투
풀
펀치 & 송곳
드로잉노트
연필 + 깍지
마카, 싸인펜류
⊕ 살 것 있음 사기!
(색종이 같은 것)
12/27 해야할 것
중국어공부 ~12시
밥 (점심) 먹고
모듈러
두이반
BIO COMPANY
(물 & 과일)
DM
(폼클렌징, 면도기)
저녁: card 작업
rougier & plé
modulor
같이 갈
화방구경
이곳에서 자꾸 연애에 대한 가슴절절 멜로
꿈을 꾼다. 뭐지.

모듈러 쇼핑 리스트

www.fragaimport.com
REF. 90661
8 435258 906613
... und im Internet: www.modul

Art.Nr.
Germany
ST 4266006
4 043061 463113
dulor material total
AVERY
Zweckform

문방구 상상

자주 들르는 코워킹 카페는 항상 작업하는 사람들로 북적인다. 어제 다녀온 모듈러가 계속 생각나서 내가 문방구를 연다면 어떤 모습일지 마음껏 상상해보기로 했다. 문구, 빛, 선반, 음악, 출입구, 영수증, 포장…. 생각이 꼬리에 꼬리를 무니 내가 정말 문방구 주인이 된 것 같다. 본격적으로 상상해볼까.

나의 문방구는 창이 많다. 문구들은 햇빛을 받으며 가지런히 선반 위에 누워있다. 사람들은 허리를 굽히기도 까치발을 들기도 하며 곳곳에 자리 잡은 문구를 구경한다. 만약 도움이 필요하면 언제든 나를 찾으면 된다. 나는 고객들이 꿈꾸는 문구를 어떻게 해서든 찾아준다. 없다면 만들어서라도. 이곳에 머무는 동안 사람들은 엄마 품에서 자장가를 듣는 것처럼 편안하다. 차분하고도 경쾌한 음악이 시간과 날씨에 맞게 흐르고, 내가 문구를 포장하는 동안 고객들은 혹시나 보지 못한 문구가 있을까 가게 곳곳을 다시 구경한다. 고객의 이름을 묻고 영수증에 적는 과정을 통해 단순히 문구를 팔고 사는 것을 넘어 문구로 우정을 나누고 있음을 느낀다. 문방구 안에는 책상이 여럿 있어 방금 산 따끈따끈한 문구를 바로 사용할 수 있다. 사용하면서 궁금한 것은 바로 질문하고, 마음에 들면 하나 더 사기도 한다. 문방구를 나서는 길엔 늘 다음에 또 오고 싶다는 생각이 들고, 같이 오고 싶은 사람들과 쓰고 싶은 글이 떠오른다.

상상을 현실로 만드는 힘은 나에게 있으니 난 계속해서 상상하고, 노력할 것이다.

안심이라는 기분

드디어 다영 언니를 만난다. 예전에 일하던 곳에서 팀으로 함께 작업을 한 적이 있다. 시간이 짧아 친해지지 못했던 것이 무척 아쉬웠는데 오늘부터 이 주일 동안 베를린을 함께 여행하기로 했다.

카페에서 나의 문방구를 상상하고 있을 때 언니가 환하게 웃으며 다가왔다. 나는 오랜만에 '안심'이라는 기분을 느꼈다. 다영 언니는 베를린에서 인턴으로 일한 경험이 있어 베를린 생활을 좀 더 풍요롭고 안정적으로 다듬어줄 수 있을 것이다. 이곳에 살면서 궁금했던 것을 마음껏 물어볼 사람이 생겼다. 무엇보다 같이 호들갑을 떨 수 있는 사람이라 더 좋다.

Tagesticket Erwachsener
28.12.2017
Preis: 9,50 EUR
203yGgSvEsx6Xe46w
DIESEN BEREICH SCANNEN! PLEASE SCAN THIS AREA!
Bewahren Sie dieses Ticket gut auf, denn Sie benötigen es auch zum Verlassen der Ausstellung! Please take care of this ticket, as you will need it in order to leave the exhibition!
HERZLICH WILLKOMMEN
A WARM WELCOME
www.ddr-museum.de
DDR museum
GESCHICHTE ZUM ANFASSEN
A HANDS-ON EXPERIENCE OF HISTORY
12/28
다영언니
친구들과
슈페치를먹고
DDR MUSEUM
독일역사에 대해
무지하기에
모든것을 제대로
이해하진
못했으나
그시절 디자인에
엄청나게 감명
받았다.
레퍼런스도,
좋은장비도 없던
시절에 만들어진
것들이 지금까지
아름다운 이유는
그 시절의 향수를
안고있으면서
기본을 지켰기
때문같다.
그곳에서 살지 않았던 시절에 대한 향수를 잔뜩 느끼고 왔다.
아름답고 제대로 만들어진 것의 위대함을 느낄수 있어
행복했고, 앞으로 나의 작업에 Basic을 Logic처럼
가지고있어야함을 절실히 깨달았다.

DDR 뮤지엄 티켓

기록의 소중함

어제 다영 언니, 그 친구들과 함께 DDR 뮤지엄에 다녀왔다. 구 동독 시절의 생활상을 전시하는 박물관으로 분단의 역사와 흔적을 체험할 수 있는 곳이다. 박물관이지만 그 시대의 디자인을 볼 수 있다는 점에서 근현대 미술관으로도 볼 수 있다. 전시를 보는 내내 온몸이 떨렸다. 다 보고 나와서 언니와 나는 거의 울듯이 대화했다. 우리 둘 다 핑계 없이 완벽한 그 시절의 디자인을 보며 디자이너로서 부끄러움을 느꼈기 때문이다.

특히 이름조차 남기지 않은 사람들의 일기와 수첩에서 큰 감동을 받았다. 직접 펼쳐볼 수 있었는데 날씨 기록장, 영수증, 교과서를 보고 있자니 이상한 기분이 들었다. 누군가가 기록을 남겼고, 시간이 흘러 일면식도 없는 나에게 울림을 준다. 작은 기록이 삶의 흔적이 되고 그것이 모여 한 사람의 역사가 된다. 기록의 소중함을 또다시 깨닫는다.

구 동독 박물관 DDR museum

주소 Karl-Liebknecht-Str. 1,
10178 Berlin

홈페이지
www.ddr-museum.de

DDR 뮤지엄에서의 깨달음은 아날로그 키퍼의 정신이 되었다. 아주 작은 기록도 소중한 흔적이 되고 역사가 된다.

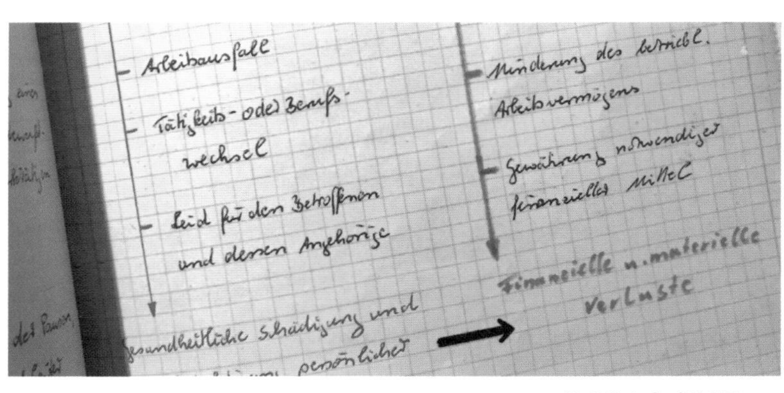

DDR 뮤지엄 소장 기록물들

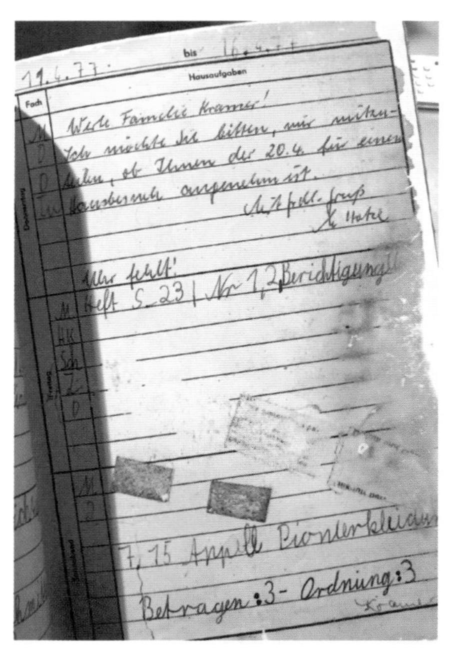

부끄러움을 이겨내기

작업을 마무리하고 세상에 내보내는 일은 무척 부끄럽다. 완벽하지 않은 것을 누군가에게 보여주는 것은 창피하다. 글을 쓰고 그림을 그리는 것은 쉽지 않다. 문장 하나하나 걸리는 게 많고 미적으로, 기능적으로 부족한 것투성이인 나의 작업물을 다른 이에게 보여준다는 것이 얼마나 떨리는 일인지. 이 감정을 이겨내고 언젠가 나의 것을 제대로 마주할 수 있게 될까?

올해는 무척 바빴다. 폭풍같이 몰아치던 학업과 일거리를 마무리했고, 백수가 되었으며, 지금은 여행 중이다. 여행이 계속될수록 궁금해진다. 이 여행의 끝에 나는 어떤 모습일까. 난 얼마나 변할까. 만약 하나도 안 변한다면 그래도 괜찮은 걸까?

끝없이 이어지는 질문에 진지하게 대답을 찾다가도 이내 그만두는 것은 자신이 없어서일까, 아니면 귀찮아서일까. 나에게 솔직한 것이 가장 어렵고 무섭다. 나를 가장 잘 아는 것이 나라서. 내 앞에서 솔직해지면 꼭 아프다. 그러한 나의 마음을 종이에 적자니 이 글을 다시 읽을 내가 미리 부끄럽다. 그럼에도 해가 빨리 지는 이곳에서, 유독 긴 밤을 아깝게 흘려보내지 않기 위해 끊임없이 나를 찾고자 한다.

새해의 집시 파티

다영 언니가 12월 31일 아침에 새해 첫날 계획을 물었다. 나는 호스텔 로비에서 휴일 내내 편지를 쓸 생각이라고 대답했다. 언니는 포츠담에서 열리는 집시 파티에 나를 데리고 간다고 후배에게 말했다며 무조건 가야 한다고 했다. 별생각 없이 언니를 따라 포츠담으로 가는 기차를 탔다. 우리는 '맨바닥에서 잘 수도 있으니 최대한 두꺼운 옷을 입고 와'라는 말에 가장 두꺼운 옷으로 중무장을 했다. 생각할수록 웃기면서도 걱정이 되었다. 숲, 집시, 파티, 맨바닥. 다영 언니에게 "난 집시를 본 적도 없고, 외국인들이랑 새해 파티를 한 적도 없어"라고 말했다. 그러자 언니는 무슨 그런 당연한 이야기를 하냐는 표정으로 "나도 그래"라고 했다. 믿을 것은 우리를 초대한 언니의 후배 루시뿐.

포츠담 역 밖에서 폭죽 터지는 소리를 들으며 루시를 기다렸다. 루시와 그녀의 독일인 애인 오스카는 온몸에 꼬마전구를 칭칭 감고 한 손에 큰 와인병을 든 채 몸을 살랑살랑 흔들며 걸어왔다. 어떤 파티일지 대충 감이 왔다. 첫 대화 중 기억나는 말 하나. "파티에 늦었으니 적당히 취해서 가는 게 예의야." 나는 묘한 논리에 설득되어 와인을 병째 들이켰고 트램과 버스를 갈아타며 숲으로 갔다.

숲 입구에 도착하니 저 안에선 절대 카톡이 전송되지 않을 거란 확신이 들었다. 어두운 숲속에서 들려오는 희미한 음악 소리와 저 멀리 번쩍이는 조명을 마주하고는 가족과 애인에게 숲에 도착했고, 연락이 되지 않아도 걱정 말라고 메시지를 남겼다.
음악 소리가 커질수록 공간도 더 선명하게 보였다. 어른과 아이가 디스코 음악에 맞춰 춤을 추고, 어두운 통나무집 안에 술과 음악이 넘쳤다. 우리를 이방인이 아닌 친구로 대해주는 사람들과 진하게 포옹하고 마음껏 먹고 마셨다.

숲인지 마당인지 모를 공간을 하염없이 걷고, 소리 내서 웃고 이야기했다. 아는 노래가 나오면 따라 부르고, 모르는 노래에는 춤을 췄다. 다 같이 어깨동무를 한 채 새해 카운트다운을 하고 불꽃놀이를 즐겼다. 우리는 사진과 동영상을 찍다가 이내 포기하고 눈과 두 손, 두 발 모든 감각을 다 써가며 놀았다. 패딩은 진작에 벗어던졌고, 등에 땀이 줄줄 흐를 정도로 힘껏 놀았다. 그리고 정말 바닥에 침낭을 깔고 잤다.

아침에 일어나니 밤의 흔적이 가득했다. 어제 걸어 들어왔던 숲길과 춤을 췄던 통나무집 앞의 간이 무대. 뛰어놀았던 숲의 규모를 보니 정말 멋진 새해 파티였다는 것이 실감이 났다. 오스카가 부싯돌로 만든 불에 끓인 글뤼바인(뱅쇼)과 인도네시아 라면을 점심으로 먹었다.

사실 이 이야기는 지금부터 시작이다. 오스카가 부싯돌로 불꽃을 만들어 종이에 불을 옮겨 담을 때 다영 언니가 물었다.
"라이터나 성냥이 있는데 왜 부싯돌을 써?"
그는 어깨를 으쓱하더니 대답했다.
"그냥 이게 내가 좋아하는 방식이야."
그 장면이 너무도 생생하다. 좋아하는 것을 당연하게 행동으로 옮기고 이야기하는 당당한 모습. 작은 행동과 문장에서 그가 무엇을 좋아하는 사람인지 알 수 있다. 그것은 문구 여행을 하는 나에게는 없는 태도다.

새해의 집시 파티 현장

문구를 좋아해서 여행까지 떠나온 나지만 애인을 제외하고 단 한 번도 이 여행을 '문구 여행'이라고 제대로 소개한 적이 없다. 모르는 사람에게는 긴 이야기를 하기 힘들어 문구 여행이라고 쉽게 말했을지 몰라도 나를 잘 아는 사람들에겐 '문구 여행'이라는 단어를 꺼내는 것이 부끄러웠다. 문방구 주인이 꿈이라는 말도, 문구를 너무 좋아해서 월급의 절반을 다 써버린다는 말도 부끄러워서 하지 못했다. 내가 좋아하는 것을 마음껏 표현하지 않았고 신나는 감정을 억눌렀다.

꿈에 그리던 문방구에 갔지만 사진 찍는 것이 부끄러워 여행이 버겁다고 생각한 나약한 마음, 문구가 너무 좋아서 더 많은 정보를 묻고 싶어도 유별난 사람처럼 보일까봐 속으로 삭힌 날들, 내가 좋아하는 것에 굳이 이유를 붙이려 애쓰고 이유가 없으면 가치가 없는 거라고 생각한 어리석음, '그냥 내가 좋아하는 거야!'라고 말할 용기가 없어서 대충 얼버무렸던 수많은 이야기들이 떠오르자 더 부끄러워졌다.

점심을 먹고 숲을 구경하러 나섰다. 세 시면 해가 지기 때문에 서둘러 출발했는데, 우리의 목적지는 숲 안에 있는 엄청나게 큰 호수. 서두르자고 했던 오스카는 짧은 걸음마다 멈춰 서서 나와 친구들에게 동물 발자국과 나무에 대해서 설명했다. 우리는 이름을 정확히 알 수 없는 동물의 발자국과 나무껍질, 숲 곳곳에 있는 조각들을 구경하고 나무 위에 있는 곰 사냥꾼의 공간을 구경하며 아주 천천히 걸었다. 해는 점점 저물고 호수를 못 볼 수도 있다는 생각에 조급해져 오스카에게 말했다.

"우리 구글 지도로 길을 찾아서 빨리 호수에 가자."

오스카는 또 어깨를 으쓱하더니 이렇게 말했다.
"That's too old-fashioned."

두 번째 깨달음이다. 오스카의 말을 듣고 내가 베를린의 어떤 부분이 마음에 들었는지 분명히 알게 되었다. 베를린에서 경험한 수많은 것들은 '머묾'에 초점을 맞추고 있다. 한번에 원하는 결과나 목적을 달성하는 것보다 중요한 것은 과정을 대하는 태도다. 어떤 감정으로 어떻게 머무는지가 더 중요하다. 동물 발자국과 사냥꾼의 집, 나무껍질도 숲이다. 그것을 관찰하며 즐거웠다면 그대로 충분한 경험이다.

이 깨달음은 먼저 1월 1일 이후의 여행에 영향을 끼치고, 후에 '아날로그 키퍼'를 만들며 '아날로그'를 정의할 때 가장 크게 작용한다. 단어를 적는 것보다 중요한 것은 단어를 대하는 태도와 단어에 머물 때의 감정. 아날로그이기에 할 수 있는 경험. 집시 파티에서 얻은 깨달음이 생각보다 크다.

나는 나를 행복하게 할 수 있는 유일한 사람

아이클라우드에서 전에 썼던 자존감 레포트를 발견했다. 대학교 마지막 교양 과목으로 심리학 수업을 들었는데, 마지막 과제가 자존감과 관련된 논문을 읽고 '나의 자존감은 어떠한가'에 대해 글을 쓰는 것이었다. 수많은 논문 속 사례를 읽고 과학적인 지표를 근거로 나의 자존감에 대해 분석했다. 결과를 보니 합리성, 직관, 창의성, 독립성, 유연성 같은 지표를 통해 돌아본 나는 자존감이 매우 낮았다.

디자인을 공부하고 그 일을 하고 있는 나는 나의 수많은 작업 앞에서 '이게 괜찮을 리가 있겠어?'라고 생각한다. 많은 이들을 부러워하고 의식한다. 수많은 변화 속에서 홀로 뒤처져 있다고 생각하고 두려워한다. "제 잘못입니다"라고 말하는 것이 매우 부끄럽다. 오롯이 나의 인생을 책임져야 하는 것이 버겁다. 이렇게 여행을 하는 와중에도 이것이 맞는 선택이었는지 계속 고민한다.

하지만 그럼에도 불구하고 나는 감히 내가 자존감이 높은 사람이라고 말하겠다. 나는 나를 위로하고, 용기를 주고, 격려할 수 있기 때문이다. 새벽에 자괴감에 파묻혀 흐느껴 울어도 다음 날 스스로를 다독이며 하루를 시작할 수 있기 때문이다. 두렵고 무서운 일 앞에서 벌벌 떨다가도 한 발자국 내디딜 수 있는 힘이 있기 때문이다. 나에 대해 확신이 없는 만큼 노력하고, 그런 나를 믿기 때문이다. 나의 잘못을 내 힘으로 해결하려 하고, 무엇보다 나로서 내 인생을 사는 것이 재미있기 때문이다. 여행에서 발견한 새로운 내 모습이 사랑스럽고 대견하기 때문이다.

자존감이 높은 사람도 외롭다. 슬프고 무섭다. 두렵고, 후회하고, 때론 포기하거나 절망하기도 한다. 그렇지만 이들은 스스로에게 힘을 줄 수 있다. 내면의 자신을 마주했을 때 솔직하다. 나의 자존감에 영향을 끼치는 요소는 오직 '나'다. '나'를 제대로 바라보는 것이 자존감을 키우는 일의 시작이고 끝이다.

'나'를 제일 잘 아는 사람은 내가 되어야 한다. 그렇게 해서 내 삶의 중심을 꽉 잡는다면 흔들려도 된다. 무너져도 된다. 분명히 다시 일어날 수 있다. 나 자신에게 거짓 없이 솔직하면 많이 부끄럽고 슬퍼진다. '나는 문방구 주인이 되고 싶어'라고 확실히 인정하는 데에도 용기가 필요하다. 이 꿈이 허술해 보일까 걱정도 된다.

그래서 두려웠고 지금도 두렵다. 그렇지만 시간이 쌓이면서 단단해진다. 지금의 나는 좌절하고, 겁을 먹었지만 나를 지키기 위해 매일 아침 다시 일어났으며, 마음에 들지 않는 나 자신의 모습도 인정하고 있다. 무엇보다 여행을 통해 나를 만나면서 스스로를 지키고 사랑하는 법을 알아가고 있다. 새롭게 만난 내가 꽤 재미있는 사람이라는 생각에 행복하다. 앞으로도 나는 내가 많이 밉고, 못마땅하겠지만 그럼에도 많이 사랑하고 좋아해줄 것이다. 오직 나만이 나를 행복하게 할 수 있는 유일한 사람이기 때문이다.

기울었던 여행을 바로 세우다

며칠 만에 펜을 든다. 한동안 글을 쓰는 것이 힘이 들어 그만뒀다. 피곤이 누적되고 밤이 길어서 조금 우울했다. 숙소를 호스텔에서 호텔로 옮겨 늘어지게 잠도 자고 빨래도 했다. 그리고 어제, 남은 시간 동안 지낼 에어비앤비에 왔다. 호스텔과 호텔에선 준비된 것들에 나의 물건을 걸치는 수준이었는데, 아늑한 에어비앤비에 나의 물건들을 늘어놓고 욕조에서 반신욕을 하니 여행이 한결 편안해진다. 그러자 다시 펜을 잡게 된다.

지금 이 글을 쓰는 펜은 슈나이더 슬라이더 검은색. 몸체는 가벼운데 볼은 일반 펜보다 더 단단한 느낌이다. 글을 쓸 때에는 볼이 무겁게 굴러간다. 마치 아무도 밟지 않은 눈길을 썰매로 길을 만들며 지나가는 듯하다. 썰매에 가속도가 붙는 것처럼 글을 쓰는 속도에도 가속도가 붙는다. 슬라이더라는 이름이 아주 적절하다. 심지어 잉크가 끝까지 차있는 정직한 펜이다.

친구들에게 편지를 쓸 때에는 글자를 또박또박 적어야 하기에 날카로운 펜으로 글을 쓰는 것을 선호하지만, 지금처럼 손에 힘을 풀고 글을 빠르게 적어 내려갈 때에는 슈나이더 같은 부드러운 속기용 볼펜이 딱이다. 마음에 드는 펜과 궁짝이 잘 맞아 즐겁다.

어쩔 수 없는 불안함

시간이 비현실적으로 빨리 흐른다. 세 시면 해가 져서 하루가 무척 짧다. 벌써 베를린에서 몇 주가 지나간 것이 믿기지 않을 정도다. 집에서 홀로 보내는 시간이 길어지니 생각도 많아진다. 대체로 비슷한 걱정이다. 여행을 마치고 돌아가서의 삶, 포트폴리오 정리, 어학 공부, 취업 준비. 나는 행복할 수 있을까?

빈티지 문구 사기

오늘은 일요일이다. 일요일이라는 사실이 매우 중요하다. 드디어 마우어파크 플리마켓이 열리는 날이니까. 마우어파크에서는 베를린에서 가장 큰 플리마켓이 열린다. 텅 빈 공원에 천막이 가득 차고 그 안에 온갖 빈티지 제품이 진열된다. 한파에도 불구하고 사람들이 빨개진 양손을 적극적으로 사용하면서 박스 안에 있는 유리잔을 발굴한다. 제작 시기를 알 수 없을 만큼 낡은 의자부터 플리마켓에서 방금 만든 잼까지 주제도, 공통점도 없는 것들이 모여있다. 나의 목표는 오로지 빈티지 문구. 다영 언니와 헤어져서 각자 마켓을 구경했다.

베를린에선 빈티지 제품을 쉽게 살 수 있는데, 빈티지 문구는 생각보다 발견하기 힘들었다. 트램에서 다이어리를 적는 사람을 흔히 만나고, 자기가 쓰던 펜을 선물로 주는 도시인데 말이다. 빈티지 문구가 도대체 어디 있나 했는데 마우어파크에 모여있었다. 녹이 잔뜩 슬어 삐그덕거리며 겨우 열리는 틴케이스 안에는 쪼그라든 물감이 담겨있고, 심이 다 부러진 연필과 촉이 닳아버린 싸인펜이 뚜껑도 없이 섞여있다. 이런 것들은 구경하기엔 좋으나 사기엔 적합하지 않아서 눈독만 들이다 포기했다. 오래전 누군가 다 못 쓰고 내놓은 다이어리나 애매하게 오래된 색연필 세트도 고민하다가 사지 않기로 한다. 어딘가 아쉬워서다.

내가 찾던 답은 마우어파크 반대편에 있는 VEB Orange에 있었다. 이곳은 구 동독 시절의 빈티지 소품을 취급한다. 비교적 제품의 상태가 좋다. 처음엔 추위를 피해 들어갔으나 매대 옆에 자리 잡은 문구 코너를 보자마자 내가 찾던 것이 무엇이었는지 알 수 있었다. 나는 실제로 사용할 수 있는 빈티지 문구를 찾고 있던 것. 본드가 깨져 낱장으로 뜯어져 있지만 그리드가 독특한 40년 된 제도 노트, 팁이 뭉개지지 않고 마치 어제 만든 것처럼 선명한 초록색 마카, 가장자리가 낡았지만

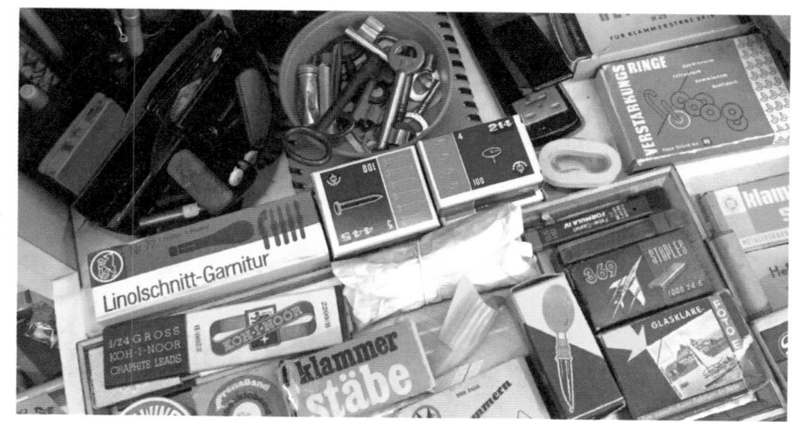

VEB Orange의 빈티지 문구들

Markant Faserschreiber „Stepp
EVP pro Stück 1,50 M
Farbe ZAK-Nr.
SCHWARZ
BLAU
ROT
GRÜN
GELB
BRAUN
Alex
.Nr. 1 221 415 Schlüssel-Nr. EL 155 81 20 0 50 Blatt langkariert h'h 70 g/m² EVP 0,70 M BfG 065-11-69

인쇄가 선명하게 남아있는 엽서, 새 학기에 선물로 받았을 법한 필기구 세트, 촉을 바꾸고 잉크를 충전하면 사용할 수 있을 것 같은 만년필, 종이 박스는 낡았지만 녹이 슬지 않은 압정과 할핀, 그리고 뜯은 흔적도 없는 편지지 세트…. 이런 걸 왜 아무도 안 사갔지 싶을 정도로 아름다운 문구가 한가득이다.

이럴 때일수록 돈을 막 쓰면 안 된다는 말도 안 되는 생각에 휩싸여 가장 갖고 싶은 문구 두 개만 샀다. 제도 노트와 초록색 마카. 혹시나 놓친 게 있을까 싶어 가게를 들락거리는데 다영 언니가 볼일을 마치고 근처로 왔다. 그 핑계로 한번 더 들어갔다. 역시나 언니도 이 가게에 반한 것 같다. 언니가 가게를 살피는 동안 문구 코너를 다시 뒤적이는데 그동안 보지 못했던 빨간 집게를 발견했다. 스프링이 늘어나지 않아 짱짱하고 때는 살짝 끼었지만 상한 곳이 하나도 없다. 집게를 벌렸다가 힘을 빼면 스프링이 천천히 줄어들어 손가락이 낄 염려가 없는, 가볍지도 무겁지도 않은, 무광택의 강렬한 빨간 집게. 가격표가 붙어있지 않아서 얼마냐고 물으니 점원이 이렇게 말한다. "That is yours."
베를린에서 받은 두 번째 문구 선물이다.

VEB 오렌지 VEB Orange

주소 Oderberger Str. 29,
10435 Berlin

홈페이지 www.veborange.de

러빙 빈센트

마음에 드는 빈티지 물건을 손에 넣어 신난 우리는 오늘을 이렇게 끝내고 싶지 않았다. 다영 언니가 '문화의 양조장'으로 가서 영화를 보자고 했다. 문화의 양조장이라고 해서 그곳이 술집인 줄 알았는데, 알고 보니 맥주에 자부심이 높은 독일인의 은유적인 표현이었다. 문화의 양조장이란 영화, 미술, 음악 등 문화를 술처럼 잘 만드는 공간을 뜻하는 말이다. 다영 언니는 독일어를 할 줄 알았지만 나는 여전히 '할로(안녕)', '취스(잘 있어)', '다스 비테(이거 주세요)'밖에 몰라서 선택지가 좁다. 사실 볼 수 있는 영화는 〈러빙 빈센트〉뿐이다. 고흐를 좋아하고 아끼는 마음도 있었지만 베를린에 있는 영화관에서 영화를 보는 행위 자체가 좋았다. 영화는 고흐의 죽음에 대한 추리물이었는데, 결말이 무엇인지는 알 수 없었다. 그저 아름다운 미술 작품을 두 시간 내내 쉬지 않고 본 것에 크게 행복하니 그걸로 충분하다.

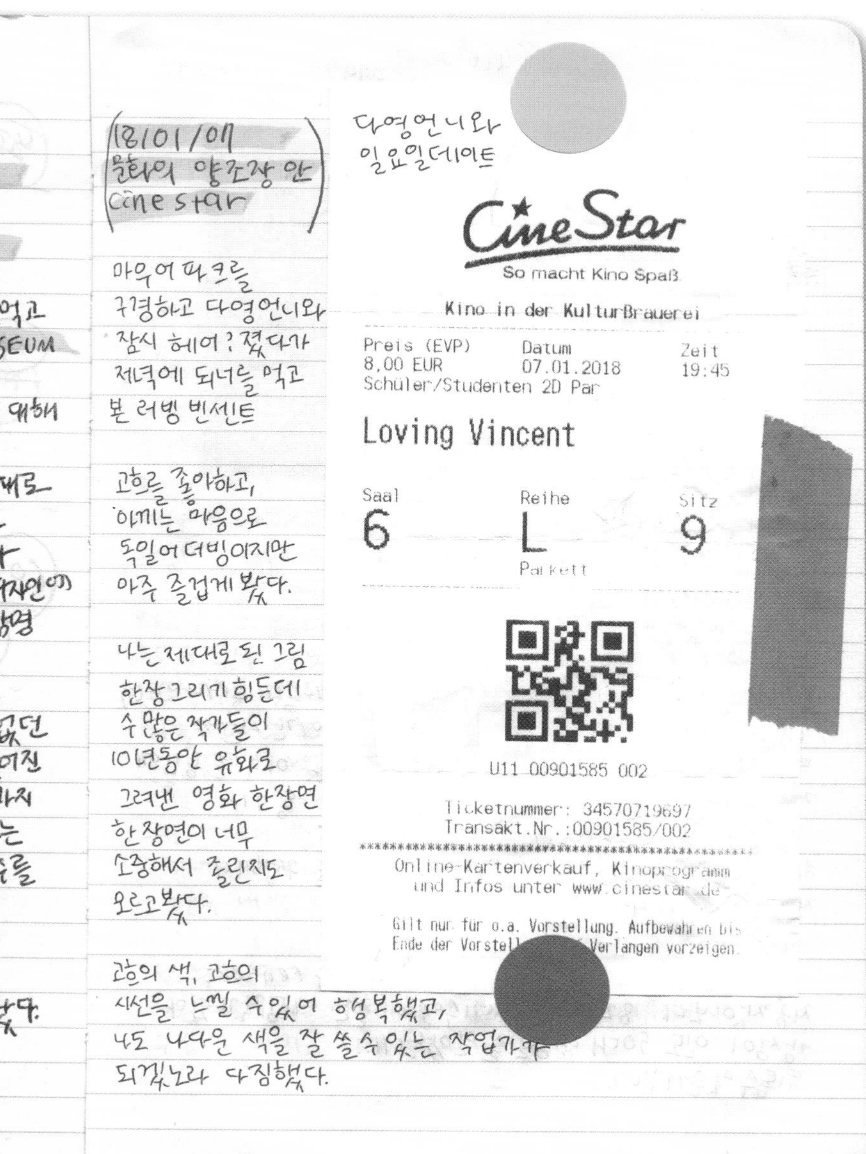
18/01/07
문화의 양조장 안
cinestar
다영언니와
일요일데이트
마우어파크를
구경하고 다영언니와
잠시 헤어?졌다가
저녁에 되너를 먹고
본 러빙 빈센트
고흐를 좋아하고,
아끼는 마음으로
독일어 더빙이지만
아주 즐겁게 봤다.
나는 제대로 된 그림
한장 그리기 힘든데
수많은 작가들이
10년동안 유화로
그려낸 영화 한장면
한장면이 너무
소중해서 졸린지도
모르고봤다.
고흐의 색, 고흐의
시선을 느낄 수 있어 행복했고,
나도 나다운 색을 잘 쓸 수 있는 작업가가
되겠노라 다짐했다.
CineStar
So macht Kino Spaß
Kino in der KulturBrauerei
Preis (EVP) 8,00 EUR
Datum 07.01.2018
Zeit 19:45
Schüler/Studenten 2D Par
Loving Vincent
Saal 6
Reihe L
Sitz 9
Parkett
U11 00901585 002
Ticketnummer: 34570719697
Transakt.Nr.:00901585/002
Online-Kartenverkauf, Kinoprogramm
und Infos unter www.cinestar.de
Gilt nur für o.a. Vorstellung. Aufbewahren bis
Verlangen vorzeigen.

〈러빙 빈센트〉 티켓

제1회 편지 쓰기 워크숍

영화까지 봤는데도 마음 가득히 행복한 기분이 진정되지 않았다. 심지어 피곤하지도 않았다. 우리는 내가 가진 재료로 엽서를 만들고 편지를 쓰기로 했다. 그동안 모아온 문구를 꺼낼 시간이 된 것이다(이것만큼 기다려왔던 것도 없다). 상냥한 다영 언니는 내가 문구를 구경할 수 있게 베를린에서 함께 지내는 내내 나를 배려해주었는데, 가진 문구가 궁금했는지 이렇게 말했다.

"정말 궁금하니 전부 꺼내서 보여줘."

지금껏 모은 엽서와 종이, 그리고 언젠가 이런 순간에 쓰려고 추가로 샀던 가위와 칼, 색연필을 꺼냈다. 그리고 시작된 제1회 편지 쓰기 워크숍!

1. 편지 봉투 고르기

편지 쓰기는 편지 봉투를 고르는 것으로 시작한다. 먼저 이 편지가 받는 이의 어떤 장소에 놓일지를 고민한다. 자주 볼 편지라면 하도메 봉투(봉투 입구에 단추가 달려있다) 같은 접착하지 않고 마감할 수 있는 봉투를 선택하고, 책상 앞에 붙일 만한 내용의 편지라면 속이 비치는 유산지 또는 트레싱지로 만들어진 봉투를 선택하여 봉투에 담아 내용이 보일 수 있도록 한다. 오래 보관할 편지나 어른들께 보낼 편지라면 약간 두툼한 종이봉투를 선택해서 무게감을 주고, 편지 전체를 노출하고 싶지는 않으나 짧은 코멘트나 손그림을 노출시키고 싶다면 창이 뚫려있는 창 봉투를 선택한다.

하도메 봉투
유산지 봉투
창 봉투

다영 언니는 부모님께 언니와 함께 사는 하얀 강아지 모양의 엽서를 보내고 싶은데, 냉장고 등에 자석으로 붙여놓을 생각이라 속이 비치는 유산지 봉투를 선택했다.

2. 편지지 고르기

봉투를 골랐으면 그에 어울리는 편지지를 고른다. 짝이 맞는 편지지가 있다면 그대로 사용해도 되지만 봉투와 편지지가 제각각이라면 재질과 색감 그리고 어떤 필기구를 쓸 것인지를 고려해서 편지지를 고른다.

조금 가벼운 내용 또는 시원한 계절에 쓰는 편지라면 밝은 색상에 가벼운 편지지를 고른다. 가벼운 편지지일수록 볼펜보다는 굵기가 0.3 정도인 촉이 얇은 유성 펜이 잘 어울린다. 파이로트의 주스업이나 하이테크 또는 유니 스타일핏 펜이 합리적인 가격대에 필기감이 좋다. 이 펜들은 종이를 갉으면서 써져 지나치게 필체가 가벼워지는 것을 방지할 수 있고 무엇보다 볼펜 똥이 뭉치거나 수성 펜이 번져서 편지가 엉망이 되는 사태를 막을 수 있다.

내용이 조금 무겁거나 가을, 겨울 즈음의 편지라면 약간 어두운 색상에 종이가 살짝 두꺼운 편지지를 고르는 것이 잘 어울린다. 이때 펜은 너무 얇은 유성 펜보다는 0.3에서 0.7 정도 굵기의 볼펜 또는 유성 펜, 혹은 만년필을 사용하는 것이 좋다. 추천하는 제품은 제트스트림, 무인양품 기본 볼펜, 스탈로지 유성 펜 0.7이다. 만약 아주 어두운 색의 편지지를 골랐다면 백색 펜(자바의 수성 펜 또는 펜텔의 하이브리드 겔)을 사용하면 되지만 수성 펜은 살짝만 손이 스쳐도 잘 번지기 때문에 사용할 때 매우 조심해야 한다. 물론 펜은 개인이 선호하는 펜을 잘 제어하면서 사용하는 것이 가장 좋으나, 종이의 두께와 색에 따라 어울리는 펜은 따로 있다. 개인적으로는 편지지에 따라 (더 정확하게는 어떤 종이에 글을 쓰느냐에 따라) 펜을 다르게 선택하는 것이 적합하다고 생각한다.

다영 언니는 하얀 강아지 모양의 엽서를 만들기 위해 살짝 도톰한 흰 도화지를 잘라 개를 그렸다. 하얀 강아지 위에는 글을 쓰고 싶지 않다며 80g의 가벼운 밝은 색 메모지에 주스업 펜으로 편지를 쓰고 마스킹테이프를 작게 잘라 메모지를 붙였다.

밝고 가벼운 느낌의 편지

차분하고 묵직한 느낌의 편지

스티커로 마무리

3. 봉투 마무리하기

편지를 다 쓰고 나면 봉투를 어떻게 마무리할지가 중요하다. 속 깊은 이야기를 담은 진지한 편지라면 스티커 등을 붙여서 마무리하겠지만 작은 쪽지나 언제든 꺼내서 읽을 만큼 짧은 내용이라면 자국이 남는 스티커보다는 클립 등으로 마무리하는 것이 좋다. 클립만으로 마무리했을 때 어색하거나 성의 없어 보일 것이 걱정된다면 작은 사이즈의 쪽지를 추가로 적어서 같이 꽂아주는 것도 방법이다. 또는 재부착이 가능한 마스킹테이프를 사용하는 것도 좋다. 그러나 지나치게 거칠게 찢어진 마스킹테이프를 붙이면 오히려 성의가 없어 보일 수

클립으로 마무리

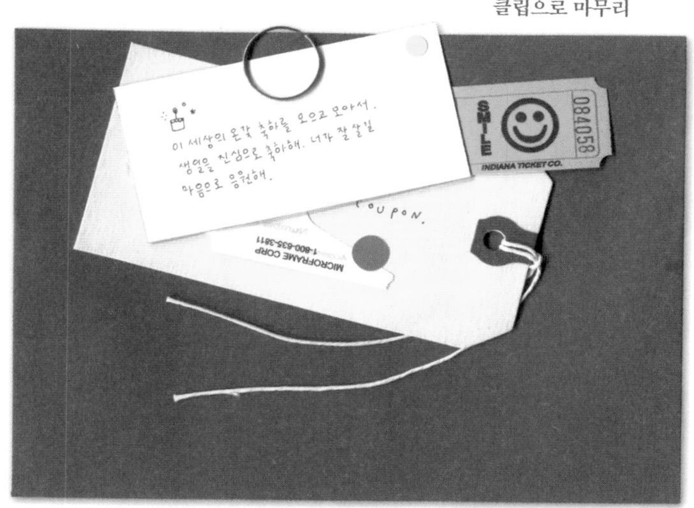

있으니 조심하는 것이 좋다. 하도메 봉투라면 끈으로 단추를 감아 마무리하고, 창 봉투라면 속이 비치는 영역을 확인한 뒤에 그 영역에 추가로 글을 적거나 그림을 그리는 식으로 꾸민다.

다영 언니는 유산지 편지 봉투를 선택했기에 클립으로 마감을 하기로 했다. 유산지에는 유분이 있어 스티커를 붙이면 떨어지기 쉽다.

4. 봉투에 힌트 남기기

편지 봉투에 쓰는 글도 몹시 중요하다. 봉투에 남기는 힌트는 단순히 쓰는 이와 받는 이를 표시하는 것을 넘어서서, 세상에 원본 딱 한 장뿐인 이 편지가 받는 이의 삶에 어떻게 자리 잡을지에 영향을 주기 때문이다.

힘이 되는 편지, 반성의 편지, 사랑의 편지, 서운함을 토로하는 편지, 가벼운 편지, 무거운 편지, 슬픈 편지, 기쁜 편지, 고마운 편지, 미안한 편지, 여러 번 읽을 편지, 딱 한 번만 읽을 편지, 누군가에게도 보여줄 수 있는 편지, 나만 볼 편지, 낮에 볼 편지, 늦은 새벽에 볼 편지, 외울 만큼 짧은 편지, 곱씹으며 오래 읽을 편지….
내가 쓴 편지가 어떤 편지인지를 다시 한번 생각하고 봉투에 힌트를 남겨야 한다. 이것이 종이에 남긴 마음을 전달하는 데 끝까지 정성을 들여야 하는 이유다.

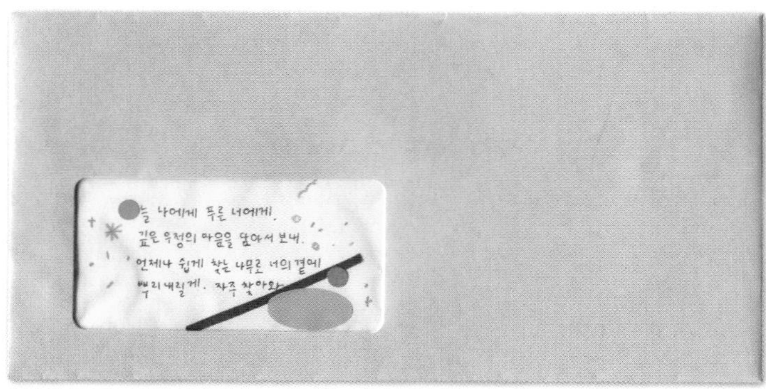

편지에 힌트 남기기

집과 몸을 청소하고 쓰는 글

다영 언니가 떠났다. 매일 아침 딱딱한 빵에 온갖 치즈를 발라 먹고 식탁에 앉아서 밤늦게까지 수많은 이야기를 나누며 함께하던 이가 먼저 한국으로 돌아갔다. 언니의 자리가 생각보다 크다. 또다시 혼잣말을 할 생각을 하니 외롭다.

한 달째 아침

혼자 맞이하는 아침이다. 작업을 하겠다고 도구를 잔뜩 펼쳤으나 막상 하려니 좀처럼 손이 달궈지지 않는다. 이렇게 시간을 보낼 바에는 빈병을 팔아 요거트라도 사 먹자는 생각이 들어 집 곳곳에 있는 빈병을 모은다. 에코백에 병을 가득 채워 마트에 있는 빈병 기계에 넣으니(빈병을 다시 반납하는 것을 '판트'라고 한다) 3유로가 나온다. 먹고 싶었던 요거트와 과자를 사서 집으로 귀환. 맥주와 함께 과자를 우적우적 씹으며 아무것도 하지 않는 시간을 보낸다.

생각보다 시간이 빨리 지나가서 계획했던 것을 거의 하지 못했다. '뭐 어때. 여행자인데'라고 생각하기로 했지만 남은 한 달을 알차게 살지 않으면 후회할 것 같은 기분이 들어 조급하다. 이곳에 사는 것처럼 여행한다는 명목으로 소중한 하루하루를 날려버리고 있는 것은 아닌지. 이 글을 쓰고 있으니 더욱 불안해진다. 생각해보니 피곤하고 귀찮다는 이유로 내팽개친 작업이 너무 많아서 스스로에게 짜증이 난다. 억지로 작업량을 늘리는 것은 의미 없지만 빈 백지 앞에서 보내는 시간이 늘어날수록 스스로가 한심해지는 것은 어쩔 수 없다.

THIS IS ME

홀로 텅 빈 숙소에서 그림을 그리는데 문득 '울고 싶다'는 감정에 휩싸였다. 저녁으로 싱싱한 루꼴라를 사와 파스타를 만들어 먹고, 개운하게 반신욕도 하고 즐겁게 그림을 그리다가 갑자기 울기로 결정한다. 생각해보니 마지막으로 운 게 언제인지 기억이 안 난다.

공항에서 부모님과 헤어질 때도, 집시 파티에서 새해 카운트를 할 때도, 마우어파크에서 만난 다큐멘터리 감독에게 펜을 선물 받았을 때도 울지 않았다. 행복한 기분을 만끽하다가 생뚱맞게 '이때 아니면 언제 울어봐'라는 생각으로 유튜브에서 감동 영상을 찾기 시작했다. 불쌍한 동물이 나오는 영상, 아이가 태어나는 감격의 장면, 내가 좋아하는 피아니스트의 라이브 실황, 소방관이 불을 진압하고 나와 물을 마시는 장면, 대자연이 펼쳐지는 내셔널지오그래픽의 다큐멘터리, 노래를 하다가 감정이 최고조에 이르러 흐느끼는 가수의 모습…. 영상을 아무리 봐도 눈물이 나지 않아 반쯤 포기하고 침대에 누웠다.

오늘은 날이 아닌가. 인스타그램을 뒤적이는데 추천 피드에 영화 〈위대한 쇼맨〉의 OST 'This is me' 리허설 영상이 보인다. 이 영화에 대해 들어본 적도 없었는데 계시가 내려왔는지 '이건 제대로 봐야 해'라는 생각이 든다. 자막도 없고, 어떤 상황에서 부른 노래인지 전혀 몰랐는데 내가 그토록 기다리던 눈물이 난다. 배우가 코러스와 합을 맞추는 리허설 영상이다. 시작은 특별할 게 없다. 오히려 떨리는 목소리에 가사도 잘 안 들린다. 겁에 질린 걸까. 연기일 수도, 진짜일 수도 있겠지만 그건 중요하지 않다. 배우는 어딘가 주눅이 든 표정으로 노래한다. 하지만 용기를 내 노래를 이어간다. 코러스가 뒤에서 그녀의 소리를 지지해주고, 지켜보는 사람들이 환호한다. 그러자 배우는 어느새 당당히 화면의 중앙에서 연기하고 춤추며 노래한다. 울컥하는 모든 순간을 이겨내고 노래한다. 진심을 표현한다.

5분 남짓한 짧은 순간도 이럴 때는 꼭 장편 소설 같다. 몇십 번을 돌려보는데 눈물이 멈추지 않는다. 배우뿐 아니라 영상에 나오는 모든 인물의 행동, 손짓을 외울 정도로 반복해서 본다. 울부짖으며 "이게 그냥 나야"라고 노래하는 배우에게 고맙고 감사하다. 가사를 따라 적으며 내 식으로 해석한다. 결국 이게 나다. 이게 나의 증명이다. 적으면 적을수록 마음이 가벼워진다. 내 여행도 그렇다. 의미를 채우려고 애썼던 날들을 흘려보내고, 다시 나답게 여행하자. 억지로 깨달음을 얻으려 하거나, 새로운 것을 찾아 헤매지 않을 거다. 대단한 사람으로 성장해서 돌아가야 한다는 두려움을 버리고 지금의 행복을 즐겨야지. 나답게 보고, 느끼고, 해석함으로써 그저 내가 되기를.

Berlin 기억에 남는 장면

① 제너레이터 호스텔이 생각보다 좋았다.
② 호스텔 로비를 발견했을 때의 행복
③ 크리스마스 마켓 커리부어스트
④ 매일 지나치던 베를린 돔과 암흑이었던 슈프레강
⑤ 포츠담 숲에서의 아침 산책, hunter's house, 오스카가 직접 만든 글뤼바인
⑥ 슈페치 먹으러 간 역에서 본 마약중독자
⑦ 갤러리아 백화점 식품관
⑧ 영수증책
⑨ 마우어파크 다큐감독님이 준 펜
⑩ Luiban & R.S.V.P 생각보다 작고 볼펜
→ 왠지 계속 가게 됨
⑪ modulor와 Bosner 약나? 희망①
⑫ 티어가르텐 지나면서 핸드폰 요금 때문에 엄마한테 인성 놓인거
⑬ 가족사진 날라올 때 엄청 반갑다
⑭ Dussmann에서 피아노 쳤다
⑮ 처음 S반 탔을 때. 티켓이 신기했다
⑯ 티켓펀칭할 때의 두근함

⑰ 커리부어스트
⑱ 마우어파크는
DDR 빈티지
⑲ 가난해도 행복
⑳ 아몬드 크림치즈
㉑ 4711향수
㉒ 문방구소개
㉓ 고층침대가
㉔ 이신 그리고
㉕ Dean &
㉖ 아빠들의 양육
㉗ 수많은 디
㉘ 제육볶음 마스
㉙ 친구들과의 모든
(다영언니의
하노 수민과
㉚ 현대미술
㉛ 슬로베니아 출
(sol cal
㉜ 몬하의 양조장
㉝ 다영언니와 식탁에서 본
㉞ BIO COMPANY
㉟ 처음 먹은 음식

베를린 총평

.. 였지만

사실 안가난했음
사집

놀랐다.

회전

.서점)

놀던 일)
러홀의 마오. 그리고
도에 있던 스모.
zonas Shopping center

.러빙 빈센트
ll F.

사던것
빵집 큰빵 but 반도못먹고버림.

36 트램타고 알렉산더플라츠가기
37 이버스발더역

38 혼자걷던 거리를 같이걸어요
39 라들러. 레몬 라들러

40 안경부셔졌다.
41 그걸 손톱으로 고쳤다

42 와인 한병으로 반신욕
43 혼자사는건 좀 무섭다

44 여긴 물이 너무 무거워
45 퍼즐책, 스도쿠
46 집가면 ~~집개조명~~사야지!
집게

47 마지막 날 기차 취소. 난 어떻게 되는걸까.
48 나를 항상 사랑해주는 진희. 그리고
존재가 그 의미인 나의 가족
49 건강한 경연 but, 초반엔 좀 아팠다.
50 주방에서 요리하고 설거지하던 모든 순간

51 음악들으며 그림그리기 (책갈피)
52 나는 아주 행복하다!!!

베를린을 떠나며

처음 이곳에 도착한 날도 비가 많이 내렸는데, 떠나는 아침에도 비가 온다. 한 달 내내 맑은 하늘을 보기가 어렵고 바람이 거세 우산조차 쓰지 못했던 곳. 이제 이곳을 떠난다니 믿기지가 않는다. 매일 그랬던 것처럼 문을 열고 나갔다가 불을 켜고 계단을 올라와 다시 이곳으로 돌아올 것만 같다. 독일에서의 한 달이 이렇게 빨리 갈 줄은 몰랐다.

독일어는 여전히 할로, 당케, 비테, 취스 따위밖에 할 줄 모르고, 작업을 많이 하지도 못했지만 떠나는 이 순간에 생각해보니 모든 것이 참 좋았다. 오길 잘했다. 어떤 계획도 없이 와서 도시를 날것 그대로 경험하니 나답게 느끼고, 생각할 수 있었다. 누군가의 감상에 휘둘리지 않고 나의 눈으로 귀로 코로 마음으로 경험하고 살았다. 지도를 보지 않아도 될 만큼 이곳저곳을 걸었고, 기억하려고 했다. 눈치 보지 않고 하고 싶은 것을 했으며, 밤이면 고개를 드는 조급한 마음을 이겨내며 즐거운 아침을 맞이했다.

베를린에서 얻은 것은 '나'를 '나'로서 말하는 법이다. 무엇을 입고 먹고 사는지가 아니라, 나는 누구이고 무엇을 하고 싶고 좋아하는지를 조금 더 정확히 말할 수 있게 되었다는 것이다. 흐릿하고 긴가민가했던 '문방구 주인'이라는 꿈이 조금 더 선명해졌기에 그 자체로 충만했던 시간이다.

3

바르셀로나

평화

-¦-

바르셀로나의 문방구

– SERVEI ESTACIÓ

– Konema – Pepa Paper

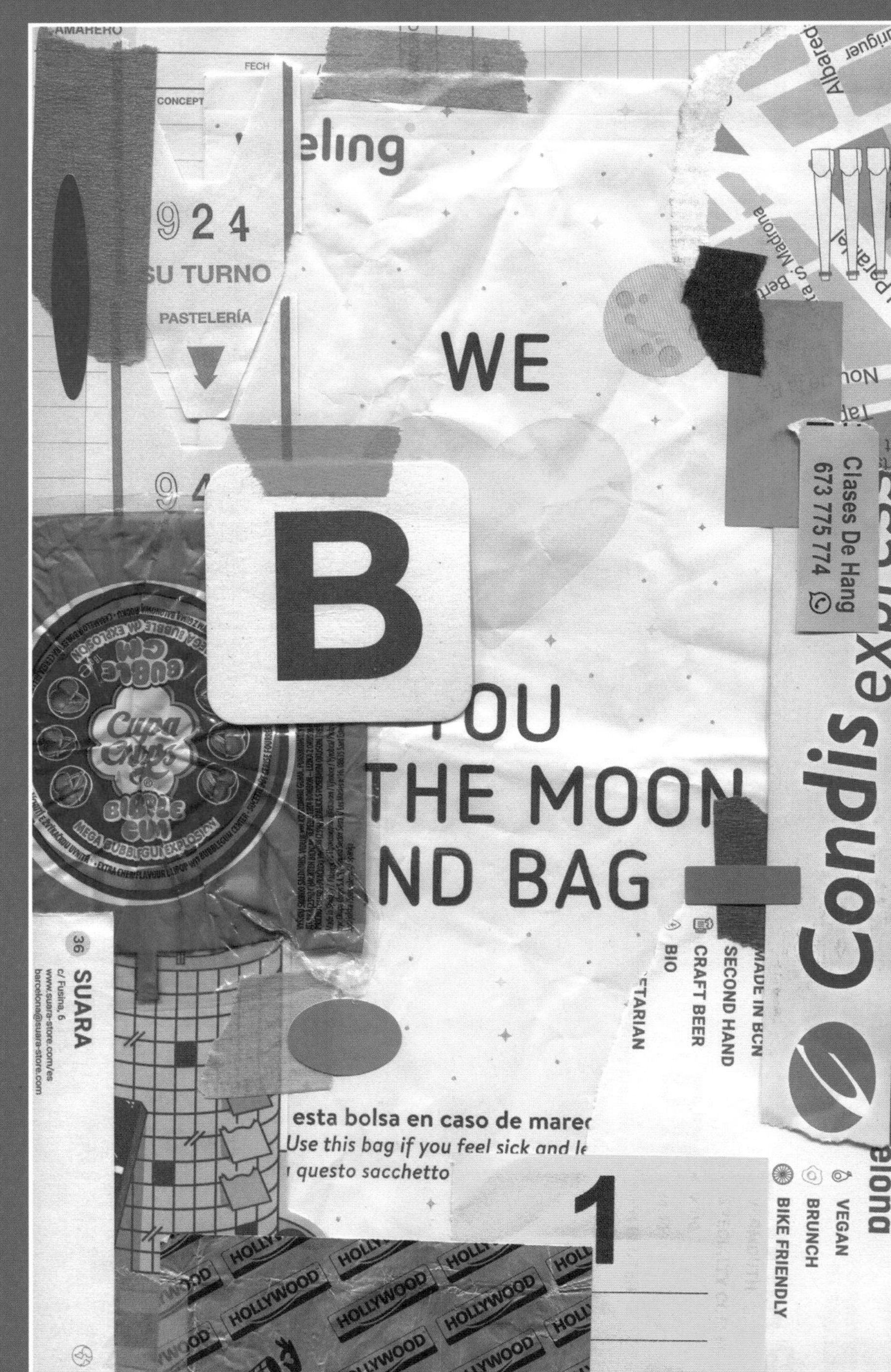

CONCEPT
FECH
eling
924
SU TURNO
PASTELERÍA
WE
B
OU
THE MOON
ND BAG
Clases De Hang
673 775 774
Condis express
MADE IN BCN
SECOND HAND
CRAFT BEER
BIO
ETARIAN
VEGAN
BRUNCH
BIKE FRIENDLY
Chupa Chups
BUBBLE GUM
MEGA BUBBLEGUM EXPLOSION
36 SUARA
c/ Fusina, 6
www.suara-store.com/es
barcelona@suara-store.com
esta bolsa en caso de mare
Use this bag if you feel sick and le
questo sacchetto
1
HOLLYWOOD

해는 여전히 지지 않았고, 나는 반팔 차림이다

바르셀로나에 오니 마음이 놓인다. 하루 종일 바닷가에서 햇빛을 즐기니 몸에 누적된 긴장이 풀린다. 그저 도시만 바뀐 것뿐인데 여행을 처음 시작하는 것처럼 설렌다. 고된 수련회를 마치고 집에 돌아온 학생처럼 안락함을 느낀다. 베를린에선 취업을 위해 뭐라도 해야 한다는 압박감에 시달렸는데, 그곳을 떠나자마자 '될 대로 되라. 이미 베를린은 끝났는걸!'이라는 생각과 함께 아무것도 하지 않겠다는 다짐을 해버린 것이다. 행복과 편안함은 같은 것이 아닌 듯하다.

축축하고 춥고 어두웠던 베를린과 달리 이곳은 온 도시에 햇빛과 온기가 가득해 모든 것이 다정하게 느껴진다. 베를린에선 해가 빨리 져서 오후 세 시 이후로는 집에 있었는데, 저녁 여섯 시가 되어가는 지금까지 밖이 환하고 하루가 길어졌다. 심지어 나는 지금 반팔 차림이다. 행복으로 벅찬 마음이다. 한국에 돌아가서의 일은 생각하지 않고 아무렇게나 살 테다!!!

느낌표를 세 개나 찍은 것을 보니 나는 지금 굉장한 흥분 상태다. 벅찬 마음을 글로 적으니 더 크게 느껴진다. 내일부턴 이 행복을 오롯이 나의 것으로 받아들이면 된다.

그렇다면 더 있는 수밖에

햇빛을 잔뜩 받고 자란 이곳의 과일이 가득 담긴 샹그리아는 내가 마셨던 술 중에서 가장 맛있는 술이다. 오늘은 특별한 결정을 내린 날이니까 조금 비싸지만 기분 좋게 주문했다.

종일 바르셀로네타 해변에서 놀았다. 파도가 모래사장에 부딪쳐 바스라지는 소리를 들으며 그림을 그리고 글을 썼다. 흥얼흥얼 노래를 부르며 마음 가는 대로 그림을 그리는데 문득 여기에 더 있어야겠다는 생각이 들었다. 내가 행복할 수 있는 최선의 선택은 이 해변에 오래 머무는 것뿐이라는 확신이 들었다. 그리고 계획을 바꿔 일주일 뒤 런던으로 가는 비행기 티켓을 샀다. 예정대로라면 사실 내일 런던으로 가야 한다. 그렇지만 이대로 이 도시를 떠날 수 없다. 그렇다면 더 있는 수밖에.

새로운 여행 계획에 맞추어 숙소를 다시 예약했다. 그리고 호스텔로 돌아가서 숙박을 일주일을 더 연장했다. 추가 금액이 생각보다 많이 나왔지만 덜 먹고 많이 걸으면 된다는 마음으로 모든 것을 빠르게 처리했다.

일을 저지르고 부모님과 애인에게 연락하니 별로 놀라지 않은 듯하다. 언제나 그랬듯이 잘한 결정이라며 최선을 다해 푹 쉬라고 응원해준다. 나는 이제 호스텔로 돌아가 삼 일 동안 깔고 앉은 담요를 빨고 내일의 피크닉을 준비할 거다. 과일을 씻어서 지퍼백에 넣고, 생수를 냉장고에 넣어서 시원하게 만들어야지.

빈티지 클러치 펜슬

어제는 날씨가 흐려서 해변에서 오래 놀지 못 하고 고딕 지구를 정처 없이 걸었다. 성당 앞에 빈티지 마켓이 열려서 구경하다가 아주 오래된 클러치 펜슬을 발견했다. 『pencils』라는 책에서 봤던 빈티지 클러치 펜슬이 유리장 안에 가지런히 놓여있다. 은 소재의 무거운 몸체에 오른쪽으로 돌리면 심이 튀어나오고 왼쪽으로 돌리면 심이 다시 들어가는 샤프의 조상급인 제품이다. 주인에게 부탁해야만 꺼내서 볼 수 있는 제품이었는데 돈이 없어서 차마 꺼내달라고 말하지 못했다. 오랜 시간 유리장 앞에 서서 클러치 펜슬을 관찰했다.
15cm가 안 되는, 내 손바닥만 한 작은 연필이다. 심 부분이 성당의 첨탑처럼 얇고 날카롭다. 몸체는 이음새 없이 하나의 긴 원통형 관으로 되어있는데 표면에 미세한 장식이 가득하다. 연필의 끝부분에는 심을 넣었다 빼기 위해 돌려야 하는, 몸체와 같은 소재로 만든 구슬이 달려있다. 몸체와 구슬을 연결하는 얇은 쇠사슬이 연필이 지나온 세월만큼 낡았다.

살지 말지 고민하는 동안 오만 가지 생각을 다 했다. '이 연필은 쓸 때 만년필처럼 묵직할 거야. 오래된 심은 건조해져서 아주 거칠겠지. 종이를 찢듯이 선이 그어질 테고, 전용 샤프너가 없으니 뭉툭해지면 뭉툭해지는 대로 써야 해. 고장이 난다면 수리하기 어렵고 크기가 작아 잃어버리기는 더 쉽지. 은 특성상 관리를 못하면 변색될 것이고…. 무엇보다 바르셀로나의 시간을 일주일 연장한 대가로 남은 유로를 거의 다 써버려서 지금 이걸 사면 남은 닷새 동안 점심은 거의 굶어야 할 텐데. 그래도 괜찮을까?'

아무리 문구를 좋아해도 이 시점에 이 연필을 사는 것은 무리가 있어서 사지 않았다. 하루가 지난 지금은 후회한다. 그 벼룩시장은 목요일에만 열리기 때문에 이제 나에겐 기회가 없다. 슬프다.

휴식의 규칙

마음껏 쉬기로 해서 잠을 늘어지게 잤다. 침대에서 빈둥대다가 12시가 넘어서야 밖에 나왔다. 비가 잠깐 와서인지 하늘이 더 맑다. 백화점 식품 코너에서 샐러드를 사서 해변가에 자리를 잡았다. 샐러드를 먹는데 별안간 데이터가 터지지 않아 마음이 조급해졌다. 지난번에 갑자기 휴대폰이 먹통이 되어 반나절 동안 연락두절이 된 적이 있다. 그때 가족들에게 걱정을 끼쳤던 기억이 떠올라서 더 불안했다. 다행히 여러 번 유심을 뺐다가 끼우니 정상 작동했다.

이번 여행에서 꼭 지켜야 하는 규칙이 있다. 쉴 땐 쉬더라도 무조건 연락 가능한 상태를 유지할 것. 단 하나의 규칙이지만 지키지 못하면 남은 여행이 무척 피곤하고 힘들어질 것이다. 자유를 얻기 위해 의무를 다하기로 한다.

뭐 하는 건가 싶고

문득 독일이 그리워졌다. 그곳을 떠나자마자 해방감을 느꼈는데, 오늘 해변에 누워 생각해보니 확실히 베를린이 그립다. 내가 먹을 과일만 잘 씻어놓고, 물병에 이름만 잘 적으면 해야 할 것이 아무것도 없는 바르셀로나에서의 생활이 처음엔 환상적으로 좋았다. 매일 해변에 앉아 글을 쓰고 그림을 그리니 자유롭고 행복했다. 그러나 여행이 길어지니 슬슬 불안해진다. 이렇게까지 놀아도 되나 싶고, 매일 늦잠 자고 일어나면 개운하지 않고 짜증이 난다. 또다시 불안이 찾아온다. 무엇인가를 하면서 느끼는 불안과 아무것도 하지 않아 느끼는 불안은 차이가 크다. 매일 파도만 보며 바다 앞에 앉아있자니 도인이 될 것도 아닌데 뭐 하는 건가 싶고, 이렇게 놀다간 아무것도 안되겠다 싶다. 차라리 하루 세 번 설거지를 하고, 음식물 쓰레기를 버려야 했지만 아주 조금이라도 매일 작업을 했던 베를린이 나은 것 같다.
모두가 여행자인, 그저 찬란하기만 한 도시 속에서 붕 뜬 느낌이다. 지지대 하나 없이 대롱대롱 매달린 기분. 어지럽다.

APLI
100 u. / 18 mm.
ENCUADERNADORES
CON ARANDELA
PAPER BINDERS
MUY FRAGIL
MUY FRAGIL
M®4

지중해 도시의 문방구

바르셀로나의 겨울은 한국의 늦봄처럼 따뜻하다. 해를 마주하고 걸을 때는 선글라스를 써도 눈이 부실 정도다. 한국과는 차원이 다르다. 사람은 물체에 반사된 빛을 통해 색을 지각한다. 그 빛이 워낙 강해서일까. 이전 도시에 비해 바르셀로나에서는 곳곳에서 강렬한 원색을 많이 볼 수 있다. 문방구도 마찬가지다. 파리와 베를린에 비해 원색 제품이 훨씬 많다. 때문에 문방구가 활발하고 역동적으로 느껴져서 다른 도시들과 비교하는 재미가 있다. 바르셀로나의 람블라스 거리에 있는 세 곳의 문방구를 찾았다. '메이드 인 스페인' 제품이 많아 기념품을 구매하기에도 좋다.

세르베이 에스타시오
SERVEI ESTACIÓ

주소 Carrer d'Aragó, 270, 272, 08007 Barcelona

홈페이지
www.serveiestacio.com

1. SERVEI ESTACIÓ

문구뿐 아니라 조명이나 공구 등 다양한 제품을 취급한다. 총 7층 규모의 대형 매장으로, 문구는 0층과 1층에 있다. 디자인 문구보다는 회사 또는 학교에서 쓰는 물품이나 클래식한 화구를 주로 판매한다. 이곳에서 파는 문구의 디자인은 한국에서는 보기 힘든 것이 많다. 클립이나 압정 같은 작은 문구에서도 차이가 느껴진다. 이런 문구에 크게 관심이 없더라도 차근차근 구경하면 좋다. 작은 디테일의 차이로 같은 품목이라도 아예 다른 문구처럼 느껴지기 때문이다. 개인적으로 이곳에서 가장 좋아하는 매대는 스티커가 잔뜩 걸려있는 코너다. 다양한 모양의 스티커가 색색깔로 걸려있는데 그 조합이 아름다워 마치 스테인드글라스 창을 바라보는 것 같다. 매장이 크고 관리가 잘 되어 있어서 오래 머물며 문구를 마음껏 고르기 좋다. 특히 가격이 싸서 클립을 서너 통씩 살 용기가 생긴다.

코네마 Konema

인스타그램 @konema_bcn

○ 아쉽게도 현재 코네마는 문을 닫은 상태다.

2. Konema

진분홍 색감의 간판이 하얀 건물과 대비되어 눈에 확 띄는 문방구이다. 조금 과장하면 이 거리에 있는 가게 중 가장 아름답다. 이곳은 제품을 종류별로 분류하지 않고 색으로 분류한다. 빨간색, 파란색, 검정색, 초록색 등 원색의

문구들이 각각의 매대에 옹기종기 모여있다. 운동회의 청팀과 백팀의 대비처럼 선명한 색상을 머금은 문구들이 각 매대에 모여있으니 색의 힘이 더욱 강렬하게 느껴진다. 색에 따라 분류한 이 방식은 문구를 찾기에는 다소 불편하지만 수첩이나 펜을 같이 구매하고플 때나, 상자와 어울리는 끈을 같이 사고 싶은 경우, 낱장의 편지지와 어울리는 편지 봉투를 고를 때 편리하다. 또는 특정 색의 문구를 구매해야 할 때 길을 잃지 않고 빠르게 문구를 살 수 있다. 나는 주황색 문구를 사고 싶은 욕구를 이곳에서 쉽고 빠르게 해소할 수 있었다.

그런데 이곳엔 문구 진열 방식보다 더 큰 매력이 숨어있다. 바로 2층에 있는 고급 문구 전시장이다. 가격표가 붙어있지 않은 문구들이 유리창 안에 진열되어 있는데, 마치 문구 박물관에 온 듯하다. 이곳의 문구를 가질 수만 있다면 며칠(어쩌면 몇 주)은 굶을 수 있다는 각오가 들 정도로 아름답고 멋지다. 하지만 이내 현실과 타협한다. 오래 머물면서 머리로 기억하는 수밖에.

코네마의 문구 진열

페파 페이퍼 Pepa Paper
주소 balmes, 50, 08007, Barcelona
홈페이지 pepapaper.com

3. Pepa Paper

디자인 스튜디오가 같이 있는 문방구이다. 앞서 소개한 문방구들보다는 디자인 문구의 비율이 높다. 자체 디자인 상품뿐 아니라 유럽 브랜드의 개성 있는 문구들이 많아서 재미있다. 매장 구석구석을 판매하는 제품으로 꾸몄는데 마치 하나의 작품 같다.

방문했을 때 가게 한쪽에는 세일 코너가 있었는데, 샘플로 전시했던 문구나 날짜가 조금 지난 다이어리, 끝이 살짝 구겨진 봉투 등을 저렴한 가격에 팔고 있었다. 그중에서 괜찮은 제품을 발굴하는 재미가 쏠쏠하다. 꼭 세일 코너가 아니더라도 바르셀로나에서만 구매할 수 있는 문구가 꽤 많다. 이곳에선 영수증 책이나 숫자가 표기된 넘버링 북을 구매하는 것을 추천한다. 거래명세서 따위가 묶여있어 필요할 때마다 뜯어 쓰는 영수증 책은 각 도시와 언어마다 제품의 분위기가 다르다. 바르셀로나의 것은 특히나 발랄하다. 노란색과 연두색, 분홍색 책을 차르르 넘기면 오래된 종이 냄새가 나는데 꽤 중독성이 있다.

내가 이 문방구에서 가장 좋아하는 곳은 가게 중앙에 있는 동그란 매대다. 펜이나 작은 클립, 스티커 등이 모여있는데 작고 소중한 문구에 둘러싸여 일하는 점원이 부러울 따름이다. 언젠가 나의 문방구를 차린다면 구석이 아닌 한가운데에 매대를 만들겠다고 다짐한다.

Miquelrius

스페인의 문방구에서 구매할 수 있는 기념품용 문구 하나를 추천하고 싶다. APLI라는 문구 회사의 학생용 공작 스티커는 스페인 문방구 어디서나 쉽게 볼 수 있는 라벨 스티커다. 하나의 도형을 다양한 크기로 구성했고 여러 장이 한 세트다. 품질이 뛰어난데다가 미세한 차이로 한국에서 보지 못한 색상도 많다. 이 스티커는 각종 영수증, 티켓을 수첩에 붙이거나 편지 봉투를 마감할 때, 호스텔 공용 냉장고에 내 음식을 표시할 때 등 여행 중 유용하게 사용할 수 있다. 일상에서는 다양한 색상의 스티커를 활용해 일정이나 할 일을 라벨링하기에 좋다. 무엇보다 저렴하게 구매해서 오래도록 바르셀로나를 추억할 수 있다.

파리와 베를린에서는 보기 힘들었던 강렬한 원색 문구를 보면서, 빛이 가득한 환경이 디자인에 큰 영향을 준다는 것을 다시 한번 느낀다. 지중해 도시의 개성과 매력이 넘치는 문구를 만나고 싶거나 갤러리가 아닌 곳에서 다채로운 색상을 경험하고 싶다면 분명히 즐거운 시간을 보낼 수 있을 것이다.

바다 앞에서 타코와 과일을 챙겨 먹고 쓰는 글

백화점 식품 코너에서 타코 도시락을 샀다. 여기 머무는 동안 모든 테이크아웃 샐러드를 먹어보자고 다짐했는데, 가장 먹기 귀찮은 타코 도시락만 남았다. 바르셀로나에서의 시간이 끝나가는 것을 타코 도시락으로도 실감한다. 매일 날씨가 좋았지만 어제 오늘은 유난히 날씨가 좋다. 날이 점점 더 따뜻해지고 하늘도 더 파랗게 물들어간다. 자연스레 하늘을 보며 걷는다. 매일 지나치던 거리 근처의 다리에서 성모상을 발견했다. 일주일이 넘도록 몰랐다는 것이 이상하리만큼 모든 사람들이 멈춰 서서 성모상 사진을 찍고 있다.

문득 바르셀로나에 와서 대표적인 관광지에 간 적이 없다는 사실을 깨달았다. 종일 걷고 싶은 만큼 걷고, 눕고 싶을 때 누워 푹 쉬었다. 보통 때 같았으면 이때쯤 불안함과 조급증이 찾아와서 기분이 나빠져야 하는데 막상 떠난다고 생각하니 처음 이 도시에 도착했을 때 느꼈던 '될 대로 되라' 식의 배짱이 먼저 튀어나왔다. 남은 시간 동안 크게 할 수 있는 것도 없고, 새로운 작업을 구상하거나 시작하기에도 애매하니 남은 이틀도 푹 쉬도록 하자.

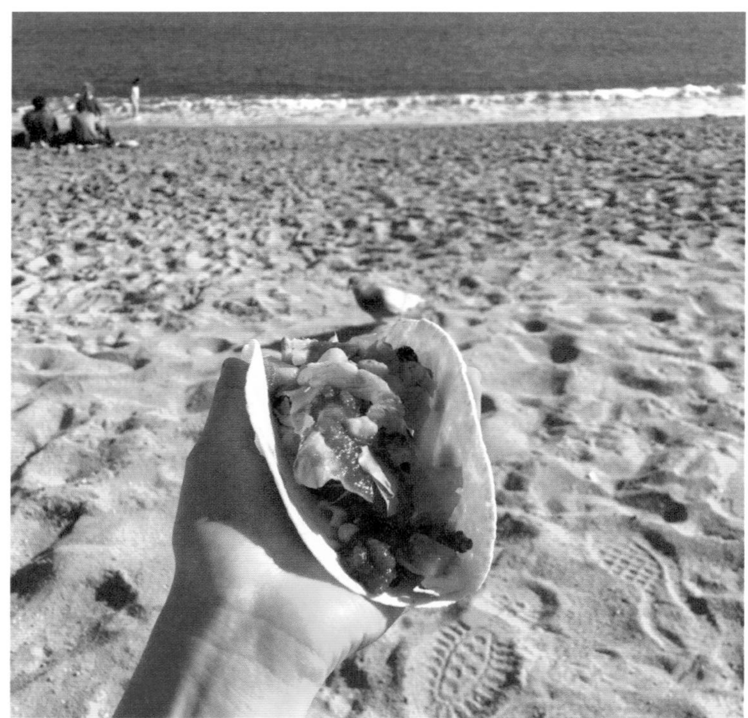
바다와 타코

바르셀로나 공항에서 샌드위치와 빵을 먹고

처음부터 끝까지 푹 쉬다 간다. 시간과 돈을 에너지와 맞바꾼 듯 정말 아무것도 하지 않았다.

시간을 그냥 흘려보내며 여행 중 처음으로 속이 시원한 느낌도 받았다. 혼자 있으니 계획을 세울 필요도, 지킬 필요도 없었다. 어쩌면 난생처음

손해를 감수하며, 해야 하는 것보다 하고 싶은 것을 선택했다. 매일 점심은 샐러드로, 저녁은 맥너겟으로 버텼지만 온 거리를 감싸 안은 햇빛과 끝없이 철썩이는 파도 소리는 공짜였다. 호스텔에서 바다까지 걸어가는 40분 동안 오로지 '바다에 앉아 샐러드를 먹는 것'만 생각했고, 매일 그렇게 했다. 때론 바르셀로나에 있는 내 시간보다 더 빠르고 단단하게 흘러가는 한국 친구들의 소식에 불안하고 초조했지만, 이내 괜찮아졌다. 결과적으론 조금 더 배짱 있는 내가 되었다.

파리를 시작으로 베를린, 바르셀로나에서 갈 수 있는 문방구는 최대한 갔다. 밥을 안 먹더라도 문구는 샀고, 사지 못한 문구는 최대한 오래 구경하며 마음에 담았다. 이 과정을 통해 내가 왜 문구를 좋아하는지 알게 되었고, 문방구 주인이 되고 싶다는 꿈이 선명해졌다. 어느 날 이곳에 다시 돌아와 바다에 앉아 샐러드를 먹는 날까지 이 온기가 그대로 남아있기를. 그리고 다시 돌아왔을 땐 적어도 스스로 만든 문구 하나쯤은 들고 올 수 있길 바란다.

공항 다시 그 자리

글을 쓰고 공항을 구경하려 했지만 가방이 너무 무거워서 화장실에 가고 싶을 때까지는 계속 앉아있기로 했다. 노트를 다시 폈다. 다음 행선지는 런던이다. 이전에 가봤으니 크게 걱정은 안 되지만 무거운 캐리어를 들고 계단을 오르내릴 생각을 하니 골치가 아프다. 설상가상으로 캐리어 무게를 쟀는데 24kg이 나와서 당황스럽다. 벌써부터 짐이 이렇게 무겁다니. 아무래도 한국으로 돌아갈 때 가방을 하나 더 사야겠다. 캐리어 걱정을 하다 보니 온갖 걱정이 다 든다. 도시를 이동할 때마다 꽤 많은 것을 챙겨야 한다. 일단 공항에서 숙소까지 이동하는 한 시간을 위해 고민할 게 한두 가지가 아니다. 혼자이고, 여자인 데다 짐도 무겁고 저렴한 비행기를 타기 위해 밤 비행기를 예약했기 때문이다. 내 몸을 잘 챙기고 짐도 잃어버리지 않고 무서운 감정을 느끼지 않으면서 최소한으로 피로할 방법은 없는 것인가. 우선 고민과 걱정을 적어놓고 나중에 얼마나 부질없는 생각이었는지 스스로 체크해야겠다.

- 런던 공항에 도착하자마자 공항 서쪽에서 남쪽으로 이동해야 한다.
- 빅토리아 코치 역에서 호스텔로 가는 법
- 오이스터 티켓 사는 법
- 뉴욕 가는 날 타야 하는 이지 버스 예약하기
- 캐리어가 너무 무겁다.
- 난 지금 100달러짜리밖에 없는데 뉴욕에서 100달러를 받아주는 곳이 있을까.
- 베이징 공항에서 노숙하기

런던에 이어서 뉴욕 그리고 한국에 도착하는 날까지의 고민이 줄줄 튀어나온다. 전부 쓸데없는 고민이다.

4

런던

불안과 행복의 변덕

런던의 문방구

– Present & Correct

– kikki.K

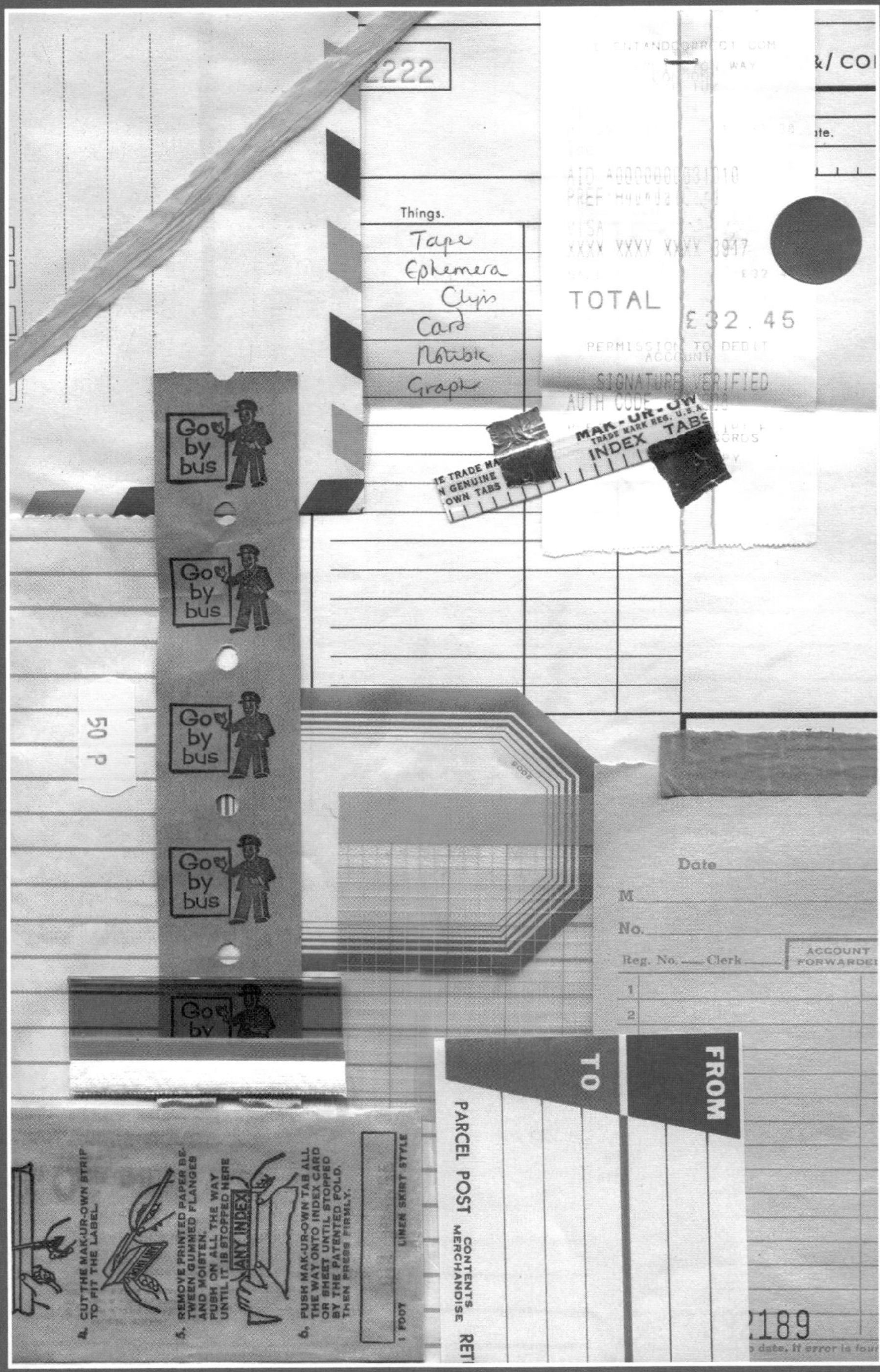

2222
Things.
Tape
Ephemera
Clips
Card
Notebk
Graph
TOTAL
£32.45
PERMISSION TO DEBIT ACCOUNT
SIGNATURE VERIFIED
MAK-UR-OWN
TRADE MARK REG. U.S.A.
INDEX TABS
Go by bus
Go by bus
Go by bus
Go by bus
50 P
Date
M
No.
Reg. No. Clerk
ACCOUNT
1
2
FROM
TO
PARCEL POST
CONTENTS MERCHANDISE
4. CUT THE MAK-UR-OWN STRIP TO FIT THE LABEL.
5. REMOVE PRINTED PAPER BETWEEN GUMMED FLANGES AND MOISTEN. PUSH ON ALL THE WAY UNTIL IT IS STOPPED HERE
ANY INDEX
6. PUSH MAK-UR-OWN TAB ALL THE WAY ONTO INDEX CARD OR SHEET UNTIL STOPPED BY THE PATENTED FOLD. THEN PRESS FIRMLY.
1 FOOT
LINEN SKIRT STYLE

문방구 도착 하루 전

밤 비행기를 타고 런던에 도착하니 역시나 비가 왔다. 비를 맞으며 길을 헤맬 자신이 없어 우버를 탔다. 런던 물가는 확실히 비싸서 큰돈이 나갔다. 내일 먹으려고 생각해둔 버거는 못 먹겠지만 덕분에 비 오는 런던 거리를 편안하게 구경할 수 있었다. 몸도 마음도 이렇게 편하고 낭만적일 수가.

호스텔에 도착해 샤워를 하고 침대에 누우니 또 하나의 산을 넘었다는 것이 실감이 났다. 이곳은 춥고 습하고 어둡지만, 내일은 이 여행에서 손에 꼽힐 정도로 기대했던 문방구에 가는 날이기에 모든 것이 아름다워 보인다. 사랑하는 이와의 첫 데이트를 앞둔 사람처럼 무척 설레고 흥분된다. 빨리 자야지.

런던
첫 번째
문방구

Present & Correct, 수집가의 방 구경하기

프레젠트&커렉트Present & Correct는 중심가에서 먼 조용한 주택가 골목에 있다. 관광지에서 벗어난 곳에 위치해 굳이 찾아가야 하는 번거로움이 있음에도 손님이 끊이지 않는다. 가게는 정오에 여는데, 주인이 택배를 뜯어 새 상품을 정리하고 문방구 구석구석을 정돈하는 모습을 보고 싶어 일부러 30분 일찍 도착했다. 유리창 너머로 문방구를 구경하는 순간은 매번 설레지만 오늘은 이상하리만큼 가슴이 뛴다. 저 안에 지금까지 보지 못했던 문구가 잔뜩 있기 때문이다.

이곳은 '수집가의 방'이라고 부를 수 있을 만큼 다양한 문구를 취급한다. 그 범위는 종이, 펜, 클립부터 책이나 장난감까지 폭넓다. 작은 공간 안에 선반이 빼곡하고, 선반마다 다른 제품들이 채워져 있다. 때문에 가게는 매우 작아도 머무는 시간은 생각보다 길다. 유럽의 여러 문방구를 다니면서 겹치는 문구가 점점 많아졌는데, 이곳은 어떻게 이런 제품을 찾았는지

프레젠트&커렉트
Present & Correct

주소 23 Arlington Way, Clerkenwell, London EC1R 1UY

홈페이지
www.presentandcorrect.com

궁금할 정도로 생소한 제품이 가득하다. 처음 보는 문구가 오늘의 첫 손님인 나를 위해 가지런히 누워있다. 나는 신생아실 간호사가 된 듯 부들부들 떨리는 손으로 문구를 집어 들며 구경을 시작한다.

가게 주인이 나와 같은 문구 덕후임을 확신할 수 있는 몇 가지 포인트가 있다. 먼저 '기꺼이 수고를 감수한다'는 점이다. 정확히는 파는 사람 입장에서 귀찮은 방법으로 문구를 판다는 것이다. 예를 하나 들면 보통 상자 단위로 파는 클립, 집게 등을 이곳에서는 한 개씩 개별 판매하고 있다. 사는 사람 입장에서는 원하는 문구를 원하는 수량만큼 구매할 수 있어 좋지만, 주인 입장에선 가격 책정부터 포장, 재고 관리까지 판매 단계가 늘어난다. 각양각색의 클립을 조화롭게 선별하고 고객이 들고 온 낱개 제품을 계산대에서 최종 포장을 해야 하는 과정을 즐기지 않으면 유지하기 힘든 판매 방식이다. 주인의 문구 사랑이 엿보이는 대목이다.

그리고 이곳은 문구를 하나라도 더 진열하기 위해 선반뿐 아니라 벽, 창가를 적극적으로 활용한다. 그리고 매대에도 최대한 많은 문구를 진열하기 위해 다양한 작은 집기들을 사용한다. 그럼에도 복잡하거나 지저분하다는 느낌은 없다. 청결도와 정돈된 인테리어에서 주인이 이 공간에 쏟는 애정을 느낄 수 있다. 이 점은 생각할수록 대단하게 느껴지는데, 그 이유는 지류는 특성상 먼지가 매우 많이 생길 뿐더러 하루라도 청소를 하지 않으면 집기들 사이에 먼지가 쌓여서이다. 애정과 꾸준함 없이는 힘든 일이다.

매대에 진열된 문구들

가장 인상 깊었던 포인트는 새 제품 사이사이에 사용감이 있는 빈티지 문구가 놓여있다는 것이다. 자칫하면 정신 없어 보이거나 새 제품마저 낡아 보일 수 있지만 전혀 그렇지 않다. 오래된 문구가 반질반질한 새 제품 사이에서 자신의 존재감을 당당히 뽐내고 있다. 오히려 새 제품보다 주인에게 더 많은 사랑을 받은 듯하다. 나는 오래된 빈티지 제품을 더 눈여겨본다. 새 제품은 해외 직구를 하거나 언젠가 다시 방문해서 어떻게든 살 수 있지만, 이곳에 딱 한 개 놓여있는 빈티지 제품은 다시는 살 수 없을 것 같아서다.

노트나 봉투, 자 등의 부피나 크기가 큰 제품은 매대에, 얇고 작은 종이류는 계산대 앞 서류함에 있다. 서류함엔 오래된 문서, 이제는 사용하지 않는 버스 티켓, 도서관 카드, 침을 발라 붙이는 라벨, 색이 다 바랜 제도 용지와 접착력이 사라진 스티커, 빙고 판 등 그 어디에서도 보지 못한 빈티지 페이퍼들이 가득하다. 이것들도 모두 낱개로 구매할 수 있다. 빈티지 제품 특성상 가격대가 높은데, 새 제품 중 일부를 포기하면서까지 빈티지 페이퍼를 잔뜩 고른다. 이렇게 멋진 것들을 직접 만지고 살 수 있다는 것이 충격적이다. 주인은 어떤 용기로 자신이 찾은 이 멋진 것들을 파는 걸까.

계산대에 서면 손으로 쓴 영수증을 원하는지 물어본다. 당연히 그렇게 해달라고 했다. 주인은 내가 심사숙고해서 내려놓은 문구를 하나씩 헤아리며 계산한 뒤, 영수증에 손으로 금액을 적는다. 그것을 보고 있으니 자신의 문구를 소중하게 대해달라는 무언의 협박을 받는 듯하다. 기분 좋은 협박이다. 마음이 행복으로 가득 차서 문방구를 나선다. 혹시라도 놓친 문구는 없는지 확인에 확인을 거듭한다. 가게 밖에서 쇼윈도에 있는 제품까지 다시 살피고 나서야 비로소 마음 놓고 떠난다.

외딴 곳의 문방구가 왜 북적이는지 알 것 같다. 진심 어린 관심과 사랑은 힘이 세다. 귀찮음을 이기고 수고를 감수하는 것은 위대하다. 주인은 자신의 문구에 대해 단 한마디도 하지 않았지만 나는 충분히 느꼈고 감동받았다. 언젠가 나의 문방구에 찾아올 고객이 지금 이 감정을 느낄 수 있도록 문구를 향한 진심을 지키고, 기꺼이 수고를 겪어야지.

Nederland 12 c +8
Nederland 15 c +10
Nederland 15 c +10
Nederland 20 c +10
PRESENT /&/ CORRECT
RESENTANDCORRECT.COM
G. V. F.
Nº
ONTVANGEN VAN M
DE SOM VAN
HUUR
TE
VOOR
MAAND
GELEGEN
STRAAT Nº
de
OP VOORHAND VERVALLEN DE
2005
18
18
18
18
18

CLIP ART
20 HISTORICAL PAPER CLIPS
PRESENT /&/ CORRECT
1898
1899
1899
1900
1903
1904
1905
1910
12 27 41 60
6 28 38 47
4 22
SERIES
8456
PRINTED IN U.S.A.
HOW TO USE
Mak-Ur-Own
CELLULOID INDEX TABS
1. WRITE THE INDEX LABEL.
2. SEPARATE THE LABEL, FOLD ON SCORED LINE.
3. INSERT FOLDED LABEL IN THE STRIP OF MAK-UR-OWN.
4. CUT THE MAK-UR-OWN STRIP TO FIT THE LABEL.
5. REMOVE PRINTED PAPER BETWEEN GUMMED FLANGES AND MOISTEN. PUSH ON ALL THE WAY UNTIL IT IS STOPPED HERE
6. PUSH MAK-UR-OWN TAB ALL THE WAY ONTO INDEX CARD OR SHEET UNTIL STOPPED BY THE PATENTED FOLD. THEN PRESS FIRMLY.
ANY INDEX
1 FOOT
1
2
3
4
5
6
013611
013610
7443
M W C
PRICE
DEPOSIT
BALANCE
DATE
NAME
PHONE
FULL SOLES
HALF SOLES
HEELS
PLATES
TIPS
LININGS
RIPS
STRETCH
DYE
SHINE
7443
MON TUE WED THUR FRI SAT
MON TUE WED THUR FRI SAT
Loge 4 89 Links 3. Vorstellg.
Loge 2 49 Links 3. Vorstellg.
Loge 4 90 Links 3. Vorstellg.
Loge 2 50 Links 3. Vorstellg.
Loge 3 64
Loge 4 92

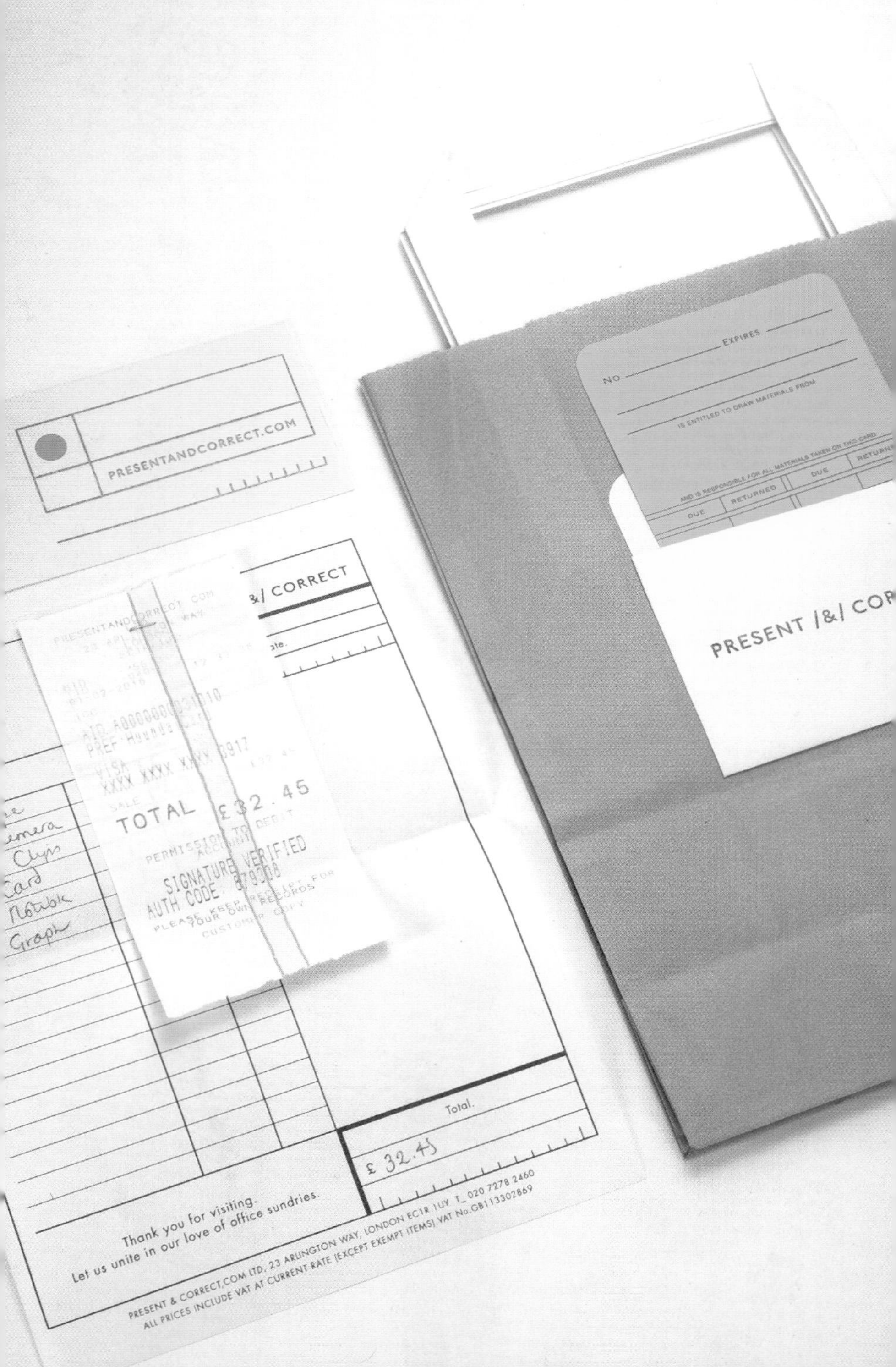

PRESENTANDCORRECT.COM
EXPIRES
NO.
IS ENTITLED TO DRAW MATERIALS FROM
AND IS RESPONSIBLE FOR ALL MATERIALS TAKEN ON THIS CARD
DUE
RETURNED
PRESENT /&/ COR
&/ CORRECT
VISA
XXXX XXXX XXXX 0917
SALE
TOTAL £32.45
PERMISSION TO DEBIT ACCOUNT
SIGNATURE VERIFIED
PLEASE KEEP RECEIPT FOR YOUR OWN RECORDS
CUSTOMER COPY
Total.
£ 32.45
Thank you for visiting.
Let us unite in our love of office sundries.
PRESENT & CORRECT.COM LTD, 23 ARLINGTON WAY, LONDON EC1R 1UY T_ 020 7278 2460
ALL PRICES INCLUDE VAT AT CURRENT RATE (EXCEPT EXEMPT ITEMS). VAT No.GB113302869

런던
두 번째
문방구

kikki.K,
나만의 책을 만드는 가장 쉬운 방법

런던 코벤트 가든 길목에 있는 유독 아기자기하고 밝은 가게, kikki.K는 스웨덴 브랜드로 노트와 다이어리를 주력으로 다양한 '쓰기 생활'을 제안하는 문방구다. 안에 들어서면 큰 글씨의 각종 문장들이 노트마다 적혀있고 노트들은 가게를 둘러싼 책장에 가득 꽂혀있다. 첫 느낌은 문방구보단 서점에 가깝다.

바르셀로나의 문방구 코네마가 색으로 매대를 구분했다면, 이곳은 글을 쓰는 목적과 그에 맞는 분위기로 매대를 꾸렸다. 아기자기한 파스텔 컬러의 매대에는 영감이나 꿈을 기록할 수 있는 노트와 함께 키링, 스티커, 카드 등을 같이 진열했다. 검은색 노트가 가득 놓인 곳의 슬로건은 'Work smarter, live better journal'이다. 금색 클립과 노트북 케이스 등을 함께 판매한다. 발렌타인데이를 겨냥한 'Gorgeous gift, They'll love' 매대에는 사랑에 대한 여러 슬로건이 인쇄된 에코백, 머그컵, 펜이 놓여있다.

kikki.K 코벤트 가든점

주소 5-6 James St, Covent Garden, London WC2E 8BT

홈페이지
www.kikki-k.com/uk

이외에도 'Food, Exercise, Sleep' 'My Daily Thoughts' 'Today was a good day' 등의 슬로건이 쓰인 여러 매대를 구경하다가 노트 콘셉트에 따라 내지도 다르게 디자인을 했을지 궁금해졌다. 에이 설마. 하지만 이런 의심은 보통 들어맞는다.

이들은 자신들이 제안하는 노트의 사용법에 맞게 노트의 외관뿐 아니라 내지까지 제대로 디자인했다. 건강을 위해 식단 관리와 운동을 하고, 수면을 조절하는 사람을 위해 만든 노트에는 하루 동안 먹는 양, 수면 시간, 운동량까지 디테일하게 기록할 수 있다. 버킷리스트를 작성하는 노트는 같은 페이지를 반복하는 것이 아니라 시작과 끝이 있는 서사가 느껴질 수 있도록 중간 점검, 명언 적기, 리프레시, 최종 평가 등으로 구성했다. 하루 동안 느낀 좋은 점을 적는 노트에는 어떤 것이 좋았는지 세세하게 체크할 수 있는 항목들이 있다.

노트 진열 방식이나 표지 디자인뿐 아니라 내지마저 한 권의 책에 가깝다. 노트가 제안하고 안내하는 방향대로 기록하면 한 권을 다 채웠을 때 나의 책이 완성된다는 확신을 얻고, 한 권을 사서 끝까지 채우고 싶은 욕심이 생긴다. 실력 있는 브랜드의 힘이다. 누군가는 세세한 항목과 디자인이 과도한 친절이며, 기록에 대한 자유도가 떨어진다고 생각할지도 모른다. 하지만 기록하는 일이 서툴고 노트를 처음부터 끝까지 쓰는 끈기가 부족한 사람이라면 믿고 따라보고 싶다는 욕구가 생길 만큼 완성도가 높다. 언제든 꺼내 읽을 수 있는 나만의 책을 만드는 가장 쉬운 방법, 그건 친절한 노트를 믿고 꾸준히 기록하는 것이 아닐까.

당근과 채찍이 싸우면 채찍이 이긴다

런던에 머무는 시간이 겨우 이틀뿐이라 일정을 잘 짜야 했다. 무조건 가야 했던 문방구 프레젠트&커렉트를 기준으로 계획을 세웠는데, 문득 〈해리포터〉의 시각 디자인을 담당한 디자이너 미나리마의 스튜디오 겸 전시관이 런던에 있는 것이 생각나 그곳으로 향했다. 전시관에 도착해 영화에 쓰인 신문, 전단지, 과자 패키지 등의 빼어난 디자인을 직접 보는데 부끄러움과 부러움이 밀려왔다. 팬심만으로 마음 편히 방문할 만한 곳은 아니다. 그곳은 단순한 전시관이 아니라 디자이너의 마스터피스를 통해 해리포터의 세계를 엿볼 수 있는 박물관이었다.

파리, 베를린 그리고 바르셀로나에 있을 때도 작업을 많이 하지 못하고 손이 느린 스스로에게 화가 났었다. 영화에 잠깐 스쳤을 장면의 소품 하나도 마지막 한 끗까지 치열하게 디자인한 것들을 뚫어져라 보니 게을렀던 지난날과 피곤하고 귀찮다는 이유로 미룬 작업들이 떠올랐다. 멋진 작업물들을 볼 때는 잠깐 행복했지만 다 보고 나오니 여행 중 가장 기분이 좋지 않았다. 도망치듯 전시관을 빠져나왔다.

근처 카페에 앉아 한참을 생각했다. 또다시 시작된 족쇄 같은 고민. 나 지금 뭐 하는 거지. 한국에 돌아가면 뭘 해야 할까. 지금 이렇게 여행하는 게 맞는 건가.

내일이면 뉴욕으로 떠나고 정말 여행이 끝나간다. 빨리 서울의 내 방으로 돌아가 작업을 해야 할 것 같다. 불안한 기분에 빠지니 최악의 시나리오가 술술 튀어나온다. 공항에 도착하자마자 에너지 넘치는 모습으로 가족들에게 달려가 안기는 것이 목표였는데, 부끄러움과 부러움만 가득한, 축 늘어진 나로 돌아갈 것 같은 이 불안한 예감. 여행이 어땠냐고 물어보는 친구들에게 괜히 다녀왔다며 넋두리를 늘어놓을 것 같은 기운 없는 미래가 지나치게 선명히 상상된다. 쉽게 마음을 다잡을 수가 없다.

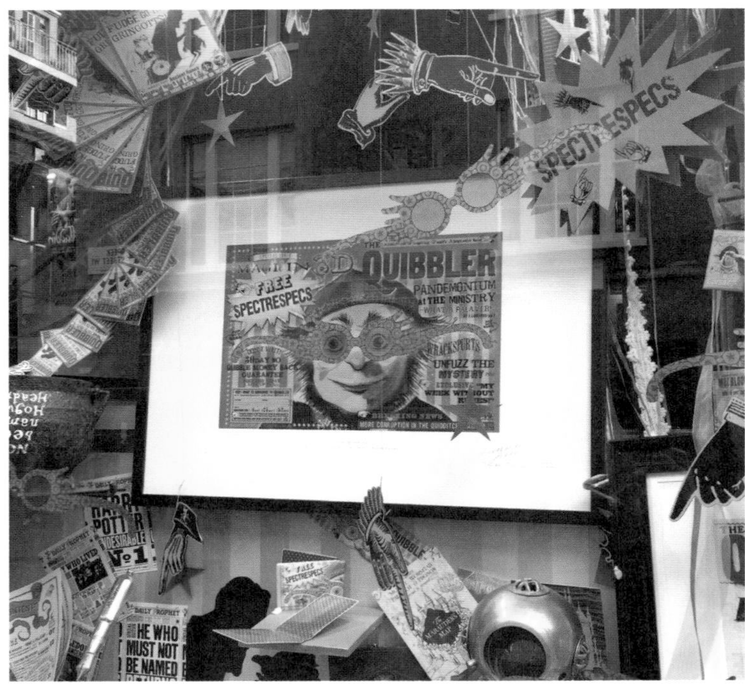

미나리마 스튜디오 쇼윈도

비행기에서

런던을 떠나 뉴욕으로 가는 길. 사실 지금 기분이 별로다. 짐이 너무 무거워서 짜증이 났다. 무거운 이유는 당연히 문구를 많이 사서이다. 이유를 알면서도 짜증이 나다니. 어제 미나리마 스튜디오의 전시를 보고 생긴 부정적인 기분이 아직 이어지고 있다. 여행의 끝으로 갈수록 부정적인 생각에서 빠져나오기 힘들다. 그래도 부모님과 오랜만에 길게 통화를 하고 나니 기분이 조금 나아졌다.

사실 기분이 나아졌다는 것은 거짓말이다. 억지로 기운을 낼 수가 없다. 난 또다시 산을 넘어야 한다. 공항에서 호스텔에 가는 일. 이동하는 일들이 이렇게 힘든지 몰랐다. 온몸에 짐을 두르고 처음 가보는 동네를, 그것도 저녁에 헤맬 일을 생각하니 시작도 하기 전에 지친다. 짐이 너무 무거워서 우버를 타긴 하겠지만, 호스텔이 있는 동네에 대한 정보가 하나도 없어 불안하긴 마찬가지다.

어떻게 해도 답이 나오지 않아 다른 생각을 하기로 한다. 그래, 난 지금 유럽을 떠난다. 아쉽긴 하지만 후회하진 않는다. 문방구와 작업이 우선이었기에 할 만큼 한 것 같다. 원하는 만큼 해내지 못했어도 의식적으로 조금씩 노력했다는 것에 의미가 있다. 불안과 행복이 하루에도 몇 번씩 교차했지만 지금 생각해보면 이 여행에서만 느낄 수 있는 마음이겠지.

한편으론 지금까지 몰랐던 부정적인 나를 이 여행을 통해 만나서 다행이다. 이 부끄러운 모습을 오롯이 나만 볼 수 있기 때문이다. 이

기분을 이겨내면 찾아오는 개운함과 해방감도 이제는 안다. 나와의 대화가 끊이지 않았던 유럽. 나 자신과 치고받고 싸우다가도 이내 화해하고 하하호호 웃었던 모든 순간을 잊지 말아야지.

뉴욕행 비행기에서 적은 메모

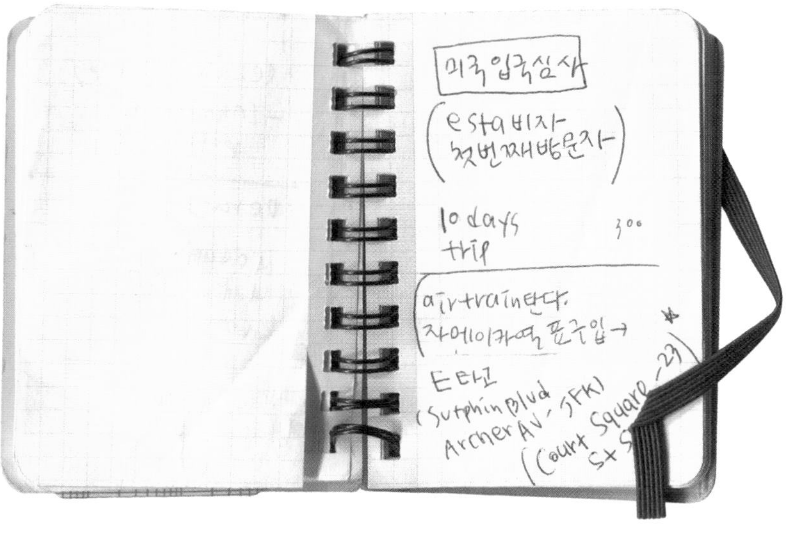

5

뉴욕

나의 취향을 정의하다

뉴욕의 문방구

– Goods for the Study – Paper Presentation

– CW pencil enterprise – Staples

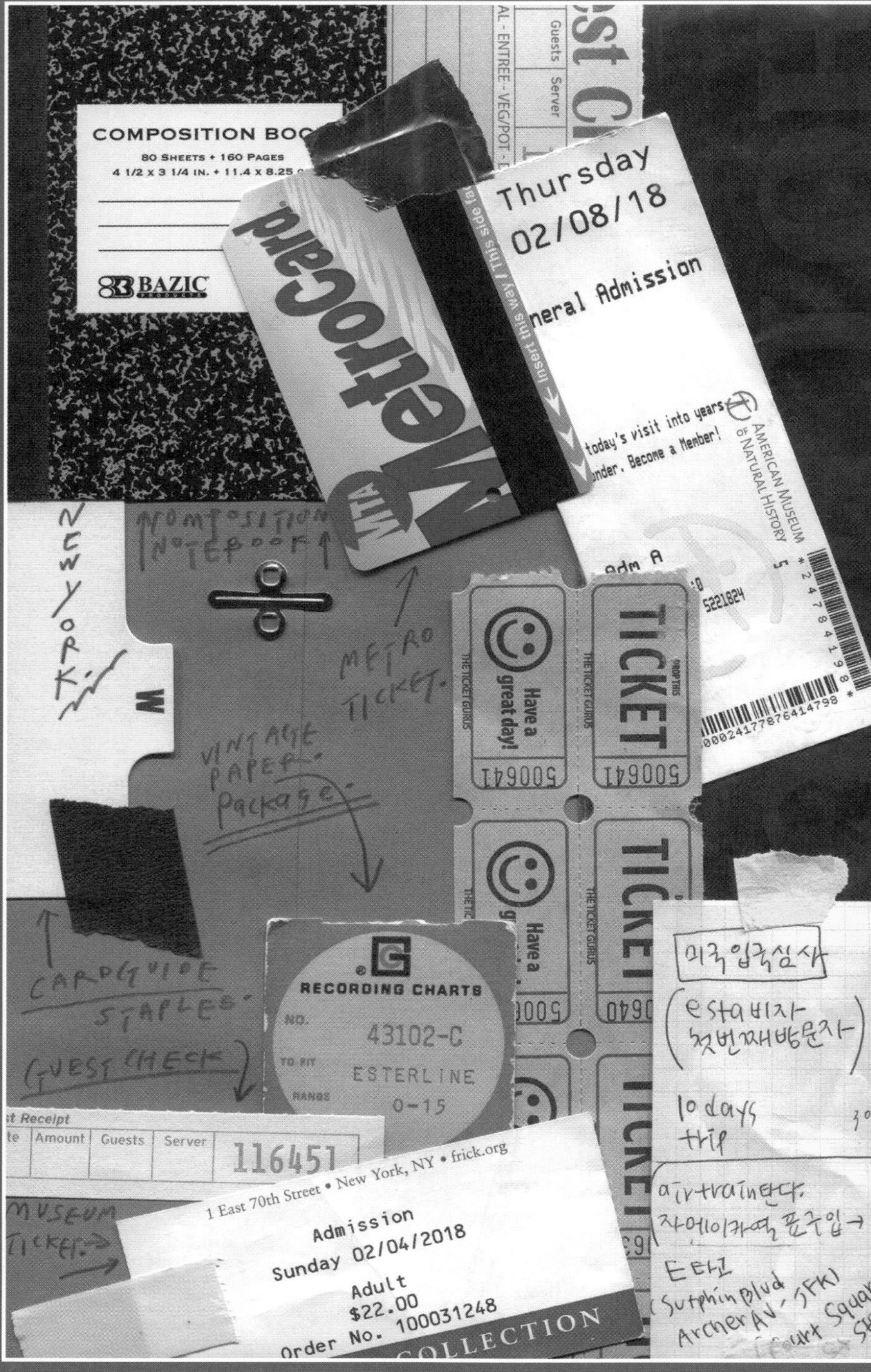
COMPOSITION BOOK
80 SHEETS • 160 PAGES
BAZIC
MetroCard
MTA
Insert this way / This side facing
Thursday
02/08/18
neral Admission
today's visit into years
ender. Become a Member!
AMERICAN MUSEUM OF NATURAL HISTORY
Adm A
5221824
2478419 8
00024177876414798
NEW YORK
M
COMPOSITION NOTEBOOK
METRO TICKET.
VINTAGE PAPER Package.
CARDGUIDE STAPLES.
GUEST CHECK
Have a great day!
THE TICKET GURUS
TICKET
500641
RECORDING CHARTS
NO. 43102-C
TO FIT ESTERLINE
RANGE 0-15
Guest Receipt
Amount
Guests
Server
116451
MUSEUM TICKET.
1 East 70th Street • New York, NY • frick.org
Admission
Sunday 02/04/2018
Adult
$22.00
Order No. 100031248
COLLECTION
미국입국심사
(esta비자 첫번째방문자)
10 days trip
air-train탄다.
자메이카역 표구입 →
E타고
(Sutphin Blvd Archer AV, JFK)

뉴욕 삼 일째 9:49 p.m.

뉴욕에 온 지 삼 일째다. 생각보다 많이 지치고 힘들어서 글을 쓰지 못했다. 오늘은 하루 종일 윌리엄스버그 쪽에서 놀았다. 태국 음식을 먹고, 유명하다는 서점과 카페도 갔다. 숙소에서 버스로 한 번에 갈 수 있는 곳이라 마음이 편해서 꽤 늦게까지 놀았다.

오늘의 여행기는 이게 끝이다. 일기가 성의가 없는 이유는 힘이 다 빠져서도 있지만 딱히 쓸 말이 없어서다. 나는 뉴욕과 잘 안 맞는 것 같다. 재미가 없고 쉽게 지친다. 유럽에선 한 블록을 걸어도 구경할 것이 많아 즐거웠는데, 이곳에선 왠지 빠르게 목적지에 도착해야만 할 것 같다. 거리에서 재밌는 것을 발견하기가 힘들다. 내가 그만큼 지쳐있었기 때문이겠지만, 막 달려들 만큼 재밌는 것이 눈에 들어오지 않으니 하루의 끝에 생각나는 것도 많이 없다.

그래도 행복을 찾아보자. 침대에 누워 이 글을 쓰는 지금은 행복하다고 말할 수 있다. 뉴욕에 도착하자마자 슈퍼에서 샴푸와 보디 로션 그리고 초코 아이스크림을 샀다. 뜨거운 물에 머리를 팍팍 감고 온몸에 좋아하는 향의 보디 로션을 잔뜩 발랐다. 뽀송뽀송해진 몸으로 책을 읽고 아이스크림을 퍼먹으며 오늘 하루를 행복하게 마무리한다. 이 행복의 기세를 이어가기 위해 내일은 뉴욕에서 가장 가고 싶었던 문방구에 가야겠다. 그럼 무조건 행복할 수 있다.

1달러짜리 피자만 먹게 생겼다

오늘부터는 돈을 완전 아껴야 한다. 생각보다 뉴욕 물가가 너무 높고, 문구도 비싸다. 아직 본격적인 문방구 탐방을 하지도 않았는데 남은 돈이 얼마 없다. 까딱하면 매일 1달러짜리 피자만 먹게 생겼다.

재화가 한정되니 생활과 생각이 단순해진다. 어디에 가고, 뭘 먹고, 어떻게 집에 돌아올지만 고민하면 된다. 잡생각이 많아지면 불안해지는 나에겐 꽤 괜찮은 일상이다. 어제 간 서점에서 본 책을 비싸서 못 샀는데 아침에 눈을 뜨자마자 그 책이 생각났다. 왠지 정말 1달러짜리 피자만 먹는 일주일을 보내게 될 것 같다.

여기까지 썼는데 더 쓰다간 따뜻한 호스텔 로비에서 나가기 싫어질 것 같아 서둘러 나선다. 오늘 할 일은 단 하나. 굿즈 포 더 스터디 Goods for the Study 문방구에 가기. 오로지 문방구 한 곳에만 집중하기로 결정했다.

뉴욕
첫 번째
문방구

Goods for the Study, 99점이 100점이 되려면

이곳은 뉴욕 독립서점 레이블인 맥널리 잭슨McNally Jackson에서 운영하는 문방구다. 아기자기한 편집숍이 많은 동네에 있다. 이 문방구는 매장의 크기와 문구의 종류, 관리 상태가 역대 최고 수준이다. 깨끗하고 커다란 문을 당겨 문방구에 들어간다. 그 순간, 시끄러운 차 소리와 거리의 소음은 전부 사라지고 기다란 직사각형 모양의 가게 끝에 서게 된다. 마치 해리포터가 호그와트에 입학해 처음 연회장에 들어선 것처럼.

굿즈 포 더 스터디
Goods for the Study

주소 50 W 8th St, New York, NY 10011

홈페이지
www.mcnallyjacksonstore.com

태어나서 처음 문방구에 간 어린아이마냥 모든 것에 감탄하며 한발한발 걸어간다. 제품은 종류별로 잘 분류되었고, 매대 간격이 넓다. 천장이 높아서 가게가 실제 공간보다 훨씬 넓어 보이고, 조도가 적당해 더욱 깔끔해 보인다. 모든 물건이 한눈에 보여 나의 시선과 계획이 길을 잃지 않는다. 먼지가 앉은 제품은 찾을 수 없고, 모든 제품은 손이 닿는 곳에 있다. 고개를 숙이거나 손을 뻗지 않아도 모든 문구를 꺼내 볼 수 있으며, 재고 또한 넉넉하다. 일본 브랜드가 다소 있긴 하지만 미국 브랜드 제품을 많이 볼 수 있고, 유명한 독립 서점 레이블에서 만든 문방구인만큼 제품을 소개하고 전시하는 감각이 훌륭하다.

언제나처럼 시계 방향으로 문구를 구경한다. 노트가 가득 진열된 책장을 시작으로 필기구가 꽂혀있는 수많은 유리병을 마주한다. 진열된 그 자체만으로 무척 아름다워서 몸을 기울여서 구경한다. 전부 살펴보면 원래대로 되돌릴 자신이 없어서 정말 궁금한 문구만 살짝 들춰본다. 궁금한 펜을 들었다가 내려놓으면 유리병에서 '땡!' 하는 소리가 나서 괜히 눈치가 보이지만 몇 번이고 소리를 낼 만큼 신기한 필기구가 많다.

필기구 코너를 지나면 목적에 따라 구분된 엽서 코너가 나온다. 친구의 생일 파티에 가기 전, 재빨리 가게에 들러 엽서를 고르고 메시지를 적어 봉투에 넣고 스티커를 붙이기까지 채 5분이 걸리지 않을 만큼 편리하다. 가게 깊숙한 곳에는 몰스킨과 롤반, 로이텀 같은 가격대가 높은 브랜드 노트가 진열되어 있다. 시즌 한정으로 그 공간을 꾸민 것인지 상시 진열인지는 모르겠지만 다이어리와 노트가 가득하다. 근처에는 노트 고르기에 어려움을 느끼는 이들에게 언제든 제품을 추천해줄 스태프가 대기하고 있다. '무엇이든 물어보세요'라고 자신만만하게 써둔 메모에서 스태프가 여기 있는 모든 노트들을 사용해봤을지 궁금증이 생긴다.

조금 더 걸으면 클립, 집게, 스티커 등 작은 물품들이 가득 채워진

필기구 코너

진열대를 만난다. 몇몇 제품은 유리 비커에 담겨있는데, 들여다볼 때 괜히 숨이 참아진다. 왠지 그렇게 봐야만 할 것 같다. 가게 중앙에는 여러 개의 테이블이 있고, 테이블마다 분위기와 목적에 맞게 문구가 큐레이션되어 있다. 테이블 위의 제품을 싹 쓸어간다면 완벽한 학습 또는 업무 환경을 만들 수 있을 것이다. 왜 이 문방구의 이름이 '굿즈 포 더 스터디'인지 알 것 같다.

가게를 한 바퀴 돌고 나니 양손에 문구가 가득하다. 계산을 하고 조금 더 가게에 머물렀다. 멋진 문방구인 것은 확실하나 어딘가 아쉬워서다. 도통 이유를 알 수 없어서 떨리는 마음을 진정시키고 내부를 천천히 둘러보았다. 확실히 황홀한 느낌은 아니다. 왜지? 뉴욕이라서? 여행 막바지에 지쳐서 그런 걸까? 유럽과 뉴욕의 문방구를 곰곰이 생각하며 글을 쓰니 그 이유를 알 것 같다. 유럽의 문방구는 어느 정도의 수고로움이 필요했는데, 뉴욕의 문방구는 지나치게 쉽고 편했다.

유럽의 문방구는 내가 달려들어야 했다. 그럴수록 더 많은 것이 보였다. 나는 그곳에서 먼지 쌓인 서랍을 후후 불어가며 아무도 손대지 않은 문구를 찾기 바빴다. 박스가 다 구겨진 클립 한 통이 내가 조금만 고개를 숙이면 만질 수 있는 곳에 있었고, 자신을 봐달라고 외치고 있었다. 그것을 살포시 들 때면 온 신경이 곤두섰다. 볼펜을 누를 때 생기는 딸깍 소리에도 귀를 기울이고, 노트를 넘기며 종이 냄새를 맡았다. 지우개의 촉감을 느끼고, 편지지의 굴곡을 매만졌다. 가능한 모든 감각을 동원해 선택한 문구가 나의 것이 되었을 때, 문구와 나의 우정이 시작됨을 느꼈다.

구매한 문구를 자꾸만 보고 싶어져서 캐리어에서 꺼내 구경하고, 다시 넣어놓기를 반복했다. 그러다 실제로 여행 중에 참지 못하고 뜯어서 사용한 문구가 대부분이었다. 누군가에게는 쓸모없어 보일지 모를

매대에 진열된 문구들

문구도 있었지만 어떻게 사용하면 재미있을지 상상하는 일은 정말 즐거웠다. 유럽에서의 문구들은 그들과 함께라면 목줄 없이 들판을 마음껏 뛰어노는 강아지처럼 종이 위를 마음껏 달릴 수 있을 것 같았다. 가게 주인도 자신이 판매하는 문구 하나하나를 정확히 알고 있었고, 그것을 나에게 설명하기 위해 노력했다.

반면 뉴욕의 문방구는 고개를 숙이거나 까치발을 들 필요가 없었다. 그 어디에도 숨어있는 문구가 없고, 모든 것이 깔끔하고 정확하게 놓여있다. 만년필도 유럽에서는 직접 시필할 수 있었지만, 이곳의 만년필은 이미 직원에 의해 시필 샘플이 마련된 상태로 새로운 주인을 기다리고 있었다. 사용법이 조금 복잡한 제품 옆에는 글이나 그림으로 설명이 붙어있다. 굳이 가까이 다가가서 만지거나 관찰할 필요가 없을 만큼 샘플과 설명이 충분하다.

문방구 자체의 분위기도 마찬가지다. 우연의 일치인지 뉴욕에서 다녔던 문방구에선 딱 한 곳을 제외하곤 주인을 만난 적이 없다. 그래서 문구에 대한 대화를 나누기 어려웠다. 같이 호들갑을 떨어줄 사람이 없으니 덜 신나는 건 당연했다. 뉴욕에서 구매한 문구는 포장도 튼튼하게 되어 있어서 한국에 들어올 때까지 비닐을 뜯지 않은 것이 대부분이었다. 막상 사용하려니 아깝다는 생각도 든다. 유럽과 비교해서 가격 차이가 큰 것도 아닌데 사용하기보단 소장하고 싶은 마음이 더 컸다.

무엇이 좋고 나쁘다고 단정 짓고 싶지 않다. 내 스스로의 경험과 선호에 기반한 감상일 뿐이다. 그렇지만 확실하게 깨달았다. 나는 조금 수고롭게 사고, 그 과정에서 어느 정도 호들갑을 떨 수 있어야 문방구 문을 나섰을 때 100점짜리 행복을 느낀다. 먼지를 후후 불어 찾아낸 문구와 종이 위에서 오래도록 뛰어노는 것이 내가 문구를 사용하고, 사랑하는 방법이다. 뉴욕에서 가장 기대한 문방구이기에 99점짜리 행복이 아쉽기는 했지만, 비로소 내가 나의 취향에 대해 정의내릴 수 있게 되어 기쁘다. 내가 어떤 문구를 사랑하는지 제대로 이야기할 수 있게 된 것만으로도 이 여행은 조금 더 단단해졌다.

Rite in the Rain
ALL-WEATHER
MEMO BOOK
№ 954
8 X 8 GRID
QUATTRO
8 X 8 GRID
QUATTRO

차이나타운 스타벅스에서 샌드위치와 커피를 마시며 쓰는 일기(진짜 비싸다)

어제 문방구에 다녀오고 나서 뉴욕에 대한 나의 감상이 더 확고해졌다. 뉴욕의 쿨하고 힙한 감성은 나랑 잘 안 맞는다. 뭔가 허전하다. 평범한 샌드위치와 커피에 12,000원을 쓰고 나니 더욱. 내가 비싸게 지불한 경험과 시간이 빠르게 흘러간다. 어제 분명 100점까진 아니었어도 99점 정도는 행복했는데, 아침에 일어나니 50점만 남았다. 좋지도 나쁘지도 않은 기분으로 매일 하루가 리셋된다. 경험을 충분히 소화하지 못하니 마음이 허해서 당황스럽다.

이러나저러나 여행의 마지막까지 문구 탐험은 계속된다. 가고 싶은 문방구의 개점 시간까지 스타벅스에 앉아 시간을 보낼 계획인데, 오늘의 고민은 딱 하나. 『pencils』라는 책을 살지 말지다. (어제는 집에 오는 길에 충동적으로 색에 대한 책을 사버렸다. 엄청나게 비쌌지만 이거라도 남기자는 마음으로.) 한국보다 훨씬 저렴하긴 한데 이 시점에서 책을 또 사는 것이 맞는지 고민이다. 우선 가서 결정하자.

CW pencil enterprise,
연필의 숲에서 길을 잃어요

문방구를 나와서 생각했다.
'이렇게 하라고 해도 못 하겠다.'

CW 펜슬 엔터프라이즈CW pencil enterprise는 연필을 주로 취급하는 문방구다. 간혹 스티커나 노트류가 있긴 하지만 제품의 90% 이상이 연필이다. 그야말로 연필 덕후의 공간이다. 연필은 유리병에 종류별로 꽂혀있다. 전시용을 제외하곤 누워있는 연필이 없다는 것이 신기했다. 누워있는 연필을 집는 것보다 세로로 꽂힌 연필을 집는 것이 연필에 해가 덜 가는 걸까? 연필을 일으키는 것이 공간 활용에 효율적이기 때문일까? 여러 가지 추측을 불러일으킨다. 어쨌든 연필 덕후가 선택한 방법이니 신뢰도 100%다.

이 문방구는 어떤 방향으로 돌며 살펴봐도 상관이 없다. 어차피 모든 벽과 매대에 연필이 가득하기 때문이다. 가장 먼저 만난 것은 하늘색 전시대에 놓인 빨간색 연필이다. 그 곁에는 여행 내내 모았던

CW 펜슬 엔터프라이즈
CW pencil enterprise

주소 15 Orchard St, New York, NY 10002

홈페이지
www.cwpencils.com

바이컬러펜슬도 가득하다. 지우개가 달린 연필, 몸체에 일러스트가 그려진 연필도 자리를 잡고 있다. 하늘색 전시대에 빨간색, 검은색, 알록달록한 색깔들의 연필이 가득하니 파란 하늘 아래 연필의 숲을 거니는 것 같았다. 주인이 만든 연필의 숲. 그 숲을 헤치고 점점 안으로 들어간다.

매대에 진열된 연필들

키가 큰 연필, 두꺼운 연필, 세계 곳곳에서 온 다양한 연필들이 나란히 서있다. 연필 하나하나에 대한 이야기를 정확하게 알 수는 없지만, 유리병에 주인의 필체로 쓰인 연필의 이름들을 속으로 읊조려본다.

'이 연필은 내가 아는 브랜드구나. 이 연필은 내가 몰랐던 거네.
아, 이 연필 끝에 있는 황동은 무게 중심을 잡아주기 위한 장치인가?
이건 다른 연필에 비해 가벼운 걸 보니 독특한 나무를 썼나보네.'
연필의 숲을 거닐며 내 경험과 지식으로 연필에 이야기를 만든다.
그러자 모든 연필이 다르게 보인다.

연필은 만지면 만질수록 상하기 때문에 최대한 눈으로 보고 골라야 한다. 내가 가지고 있지 않은 연필을 먼저 선택하고, 디자인과 선호하는 연필의 경도를 그다음 기준으로 삼는다. 모든 연필에 샘플이 준비된 것이 아니기 때문에 써보지 못하고 고른 것도 있다. 그럼에도 연필의 숲에서 자란 몇 그루의 나무를 내 필통에 심을 수 있다는 것에 작은 흥분이 몰려온다.

연필에 대한 첫 기억이 떠올랐다. 가장 생생한 것은 연필 끝을 잘근잘근 물어 씹었던 감각이다. 나는 초등학교 저학년 때까지 연필을 썼는데, 습관처럼 연필 끝을 씹었다. 페인트 냄새가 미세하게 올라오고, 가끔 페인트 가루가 입술 안쪽에 달라붙기도 했다. 엄마는 꽤 자주 내 필통을 검사해 연필 씹은 자국을 찾아냈다. 그때마다 호되게 혼났음에도 연필 씹는 것을 멈추지 않았다. 여기까지 생각이 이르자 개학 전날 한 타('다스'는 일본 말이기에 '타'를 쓰는 것이 좋다) 전부를 뾰족하게 깎아서 필통에 넣었던 기억이 어렴풋이 떠오른다. 연필에 대한 첫 기억이 시각과 촉각, 청각뿐 아니라 미각도 버무려져 있다는 생각에 새삼 문구에 대한 애정이 진해진다.

문방구 로고가 새겨진 종이봉투에 가득 들어있는 연필을 보자 숲에서의 소풍이 끝나고 집에 돌아가서 재잘재잘 떠드는 어린아이가 된 기분이다. 숙소에 도착하자마자 내가 제일 먼저 할 일은 가장 마음에 드는 연필 한 자루를 깎아 오늘의 일기를 쓰는 것이다.

참고로 『pencils』는 결국 안 샀다.

KOH-I-NOOR HARDTMUTH
SUDOKU
CARPENTER PENCIL
1536/1
CZECH
Moyen
Mittel
Medium
211
SWISS MADE by CARAN d'ACHE
edelweiss
CARAN d'ACHE • SWISS MADE • 341-2 HB
VERMILION
PRUSSIAN BLUE
FABER-CASTELL
FTR 11

뉴욕
세 번째
문방구

Paper Presentation, 끝이 없는 문구의 세계

방문 계획이 없던 곳이다. 길을 걷다 간판에 'paper(종이)'가 쓰여있는 것을 발견하고 무작정 들어갔다. 처음엔 그저 뉴욕에서 많이 발견할 수 있는 엽서 가게 아니면 라벨지와 에이포 용지 등을 파는 사무용품점일 거라고 생각했다. 사실 이 글을 쓰는 지금 나는 매우 흥분한 상태다. 이곳에 들어서자마자 그간 뉴욕에서 느꼈던 갈증이 해소되었기 때문이다.

페이퍼 프레젠테이션
Paper Presentation

홈페이지
www.paperpresentation.com

○ 현재는 온라인 몰만 운영 중이다.

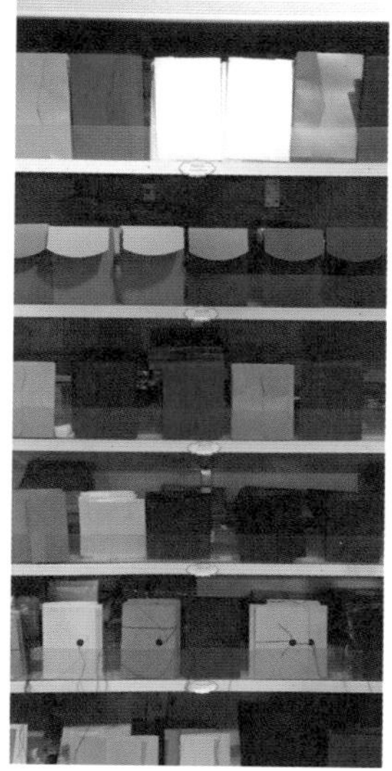

『나니아 연대기』에서 주인공이 우연히 옷장 문을 열고 나니아로 들어가듯, 나 또한 우연히 이곳의 문을 열고 문구라는 환상의 세계로 빨려 들어갔다. 뉴욕의 길거리가 워낙 시끄러워서일까. 유독 이 도시에선 가게 안으로 들어가는 것이 다른 세계로 들어가는 것처럼 느껴진다. 페이퍼 프레젠테이션Paper Presentation에는 거대한 왕국 같은 봉투와 편지지의 세계가 펼쳐져 있다. 매장은 비교적 큰 규모를 갖추었으며, 종이봉투와 엽서만 전문으로 취급한다. 일러스트 엽서가 아니라 색지로 만들어진 편지용품들이 종이의 결, 크기,

봉투 스타일 등으로 구분되어 있다. 내 키보다 훨씬 높은 선반에 수백 개의 봉투와 엽서가 가득하다. 양이 방대해서 고르기가 힘들 정도인데, 봉투의 특징과 종이의 특징이 다 달라서 지루할 틈이 없다. 나는 실이 달린 단추가 붙은 하도메 봉투를 특히 좋아해서 그 매대 앞에 아주 오래 머물렀다. 엽서를 들고 그와 어울리는 봉투를 찾기 위해 온 매대를 돌아다니는데 정말 행복했다. 최고의 조합을 만들겠다며 이리 대보고 저리 대보는데 하나도 귀찮지 않았다. 제품의 다양함도 놀랍지만, 아무렇게나 조합해도 일정 수준 이상으로 조화를 이룬다는 점이 더 놀랍다. 돈이 많았다면 '여기부터 저기까지 한 장씩 다 주세요!'라고 외치고 싶을 만큼 환상적이다.

2층에는 사무실이 있었는데, 알고 보니 이곳은 기본적인 봉투와 엽서를 기반으로 고객 맞춤 상품을 제작하는 업체의 쇼룸 겸 매장이었다. 원하는 봉투와 엽서를 고르면 그것을 대량으로 제작해주었던 것(현재는 아쉽게도 온라인 몰만 운영 중이다). 청첩장, 초대장, 사용 설명서, 편지 등 종이를 주고받는 일을 상상이 아닌 직접 경험하며 준비할 수 있게 한 것은 내 기준에선 최선의 배려로 느껴졌다.

역시나 이곳을 나올 때도 봉투와 엽서 그리고 노트가 한가득이었다. 한국에선 보지 못했던 제품이 많았기에 양껏 샀다. 역시 문구의 세계는 끝이 없다. 봉투와 엽서 하나로도 이렇게 오래, 그리고 마음 깊이 놀 수 있다니. 행복하다.

뉴욕
네 번째
문방구

Staples, 가장 쉽고 빠르게

때로는 가장 쉬운 것이 가장 정확하다. 국내에선 알파와 모닝글로리에 가면 쉽고 빠르게 문구를 만날 수 있듯, 뉴욕에서는 스테이플스Staples에 가면 쉽게 문구를 만날 수 있다. 세련된 디자인이나 유행과는 거리가 좀 멀지 모르지만, 접근하기 쉽고 오래 쓸 수 있는 문구가 꽤 많다. 다루는 제품은 노트, 펜, 스티커 등을 넘어서 프린터 토너, 라벨지, 테이블용 조명 등 그 범주가 매우 넓어 문방구 보다는 사무용품점에 가깝다. 급하게 포스트잇을 사야 하거나, 간단하게 기록할 펜과 수첩이 필요하다면, 큰 노력 없이 스테이플스 간판만 찾아 들어가면 해결된다. 이곳은 뉴욕의 길거리에서 어렵지 않게 발견할 수 있는데, 꽤 많은 지점을 방문하며 사무용품점의 매력을 알게 되었다.

스테이플스 Staples
홈페이지
stores.staples.com/ny/new-york
○ 홈페이지에서 뉴욕 지점들의 위치를 확인할 수 있다.

우선 이곳의 시간은 아주 빠르고, 동시에 아주 느리게 흐른다. 최신의 기술이 만들어낸 문구가 있는가 하면 10년 동안 한 번도 디자인을 변경하지 않았을 법한 문구도 있어서다. 시대를 앞선 문구들과 오랫동안 한결같은 모습의 문구들의 간극이 재미있게 느껴진다. 이를테면 고도로 발전되어 샤프심이 끊어지지 않거나 또는 딸깍거리는 소리가 최소화된 샤프가 있는가 하면, 하드보드지에 오래된 폰트로 인쇄된 출퇴근 기록지가 있는 식이다. 오래전부터 많은 이들이 써온

컴포지션 노트와 함께 스프링마저 친환경 소재로 만든 수첩이 함께 진열된 모습을 보니 하이틴 영화와 SF 영화를 번갈아 보는 듯하다.

도시 속 사무용품점의 매력은 그곳에 깊게 뿌리내린 브랜드의 숨어있던 제품을 만날 수 있다는 점이다. 한국에서도 쉽게 볼 수 있는 빅이나 포스트잇, 샤피 같은 브랜드 제품 중에 한국에 들어오지 않은, 그 나라에서만 살 수 있는 제품을 발견할 수도 있다. 색의 조합, 문구의 크기, 펜 몸체를 만든 재료, 특이한 세트 구성 등 이미 충분히 알고 있다고 생각했던 브랜드를 더 면밀하게 관찰하는 계기가 되어 흥미롭다.

사무용품점의 또 다른 매력은 문구를 대량으로도 판매한다는 점이다. 일반 문구점에선 마음에 드는 노트를 열 권 사면 한 권 가격의 열 배를 지불해야 하지만, 사무용품점에선 대량으로 구매할 경우 가격이 훨씬 저렴해진다. 친구들에게 선물하는 용도로 컴포지션 노트를 사려는데 한 권 가격으로 두 권을 살 수 있어 마음껏 장바구니에 담았다. 가격적인 면에서 장점이 뚜렷하니, 길에서 스테이플스가 보일 때마다 들어가게 된다.

그렇게 뉴욕 여행 내내 방앗간처럼 들렀던 스테이플스 덕분에 문구점을 바라보는 눈이 조금 더 유연해졌고, 이후의 문구 여행에서 사무용품점은 필수 코스로 자리 잡았다.

STAPLES
COMPOSITION BOOK
Wide Rule
100 Sheets • 200 pages
9.75 in x 7.5 in/24.7 cm x 19.0 cm
TOP|FLIGHT
100 Sheets
9.75 " x 7.75" (247mm x 190mm) Bright Tablet Paper
name

WEEK ENDING
No.
NAME
MONDAY
TUESDAY
WEDNESDAY
THURSDAY
FRIDAY
SATURDAY
SUNDAY
IN
OUT
IN
OUT
FORM K-1400
STAPLES
R
TAKE ORDER
LEFT TO RIGHT
CLOCKWISE
Date
Table
Guests
Server
138251
APPT - SOUP/SAL - ENTREE - VEG/POT - DESSERT - BEV
COMPOSITION BOOK
80 SHEETS • 160 PAGES
4 1/2 X 3 1/4 IN. • 11.4 X 8.25 CM
BAZIC
Post-it

스도쿠는 내 운명

뉴욕에서 운명의 문구를 만났다. 그것은 바로 스도쿠 연필. 한쪽은 흑심, 다른 한쪽은 지우개인데 지우개 쪽도 연필처럼 깎아 쓸 수 있다. 문구 여행을 시작하는 파리행 비행기에서 스도쿠의 재미를 알았고, 베를린에서 스도쿠 책을 샀는데 뉴욕에서는 스도쿠 연필을 샀다. 기승전결이 완벽한 여행이다.

선명해지는 나의 꿈

뉴욕에서 남은 시간은 빠르게 흘렀다. 자연사 박물관도 가고, 뉴욕 필하모닉이 연주하는 생상스 오르간 심포니 공연을 보기도 했다. 서점에서 책을 읽다가 감기가 와서 하루 종일 호스텔에서 게토레이만 마시며 앓아눕기도 했다. 집에 갈 때가 되니 체력이 바닥나서 박박 긁어 쓰고 있다.

체력은 바닥났지만 기분은 좋다. 지금까지 다닌 수많은 문방구가 나에게 큰 에너지가 된 것은 확실하다. 이상하게도 한 도시를 떠나기 전날은 아무것도 안 하게 된다. 마지막을 불태운다기보다는 가만히 앉아서 지난 시간을 정리하고 기록하는 것이 좋다. 괜히 유난을 떠는 것도 싫고, 집에 가기 싫다고 슬퍼하고 싶지도 않아서다. 마무리까지 나답다. 간단히 저녁을 먹고 욕조에 따뜻한 물을 가득 받아서 반신욕을 한 뒤 침대에 누웠다. 뉴욕에서 좋았던 순간들이 떠오른다.

다녀온 문방구 리스트

스트랜드 북스토어Strand Bookstore의 할인 코너에서 오래된 마티스 전시 도록을 샀을 때, 자연사 박물관에서 공룡 화석을 봤을 때, 근사한 클래식 공연에 감동해 옆에 앉은 할머니와 함께 기립 박수를 쳤을 때, 그리고 지금까지 여행한 수많은 문방구들…. 유럽을 거쳐 미국까지 무사히 올 수 있었던 것, 중간에 여행을 포기하지 않은 것이 감사하다. 자의로 떠났지만 여행의 의미를 찾느라 내적으로 방황을 많이 했는데, 지금 생각하면 별다른 기대와 목적 없이 떠나길 잘했다 싶다. 꼭 해야 할 것이 없었기에 채울 것이 많았던 나의 두 달.

솔직히 말하자면 문구 여행이라는 타이틀이 부담스러웠다. 문방구에 찾아가고, 사진 찍는 게 부끄럽고 창피하기도 했다. 어느 날은 이 멋진 문방구를 눈으로만 담으면 되지, 왜 사진을 찍고 글을 써야 하는지 의문이 들어 아무것도 기록하지 않았다. 그렇지만 배배 꼬인 마음을 이겨내고 내가 좋아하는 것을 정신적으로, 물질적으로 잔뜩 흡수했다. 마음껏 호들갑을 떨었다. 새로운 브랜드를 만나는 경험이 즐거웠고, 그 공간을 꾸며나가는 주인과 직원들을 직접 만나며 많은 것을 배웠다. 나의 꿈이 선명해졌다.

이제 정말 한국에서 어떻게 살지에 대해 구체적으로 생각하게 된다. 가장 기본적인 것부터 해야겠다. 일찍 일어나기. 매일 조금씩이라도 걷기. 몰입을 자주 경험하기. 무엇보다 빨리 취업을 해서 나의 삶을 내가 책임지기. 내가 어떻게 행동하는지에 나의 미래가 달렸다. 그러니 계속 나에게 채찍질을 해야지. 나는 성실하지 않으니 부끄러움을 많이 느껴야 한다. 그래야 꿈을 이룰 수 있다.

아날로그 키퍼의 시작

stationery lab
analogue keeper

답장의 형태

67일 간의 문구 여행 뒤 한국에 돌아온 나를 반긴 것은 가족과 애인, 친구들만이 아니었다. 내가 여행을 앞두고 그들에게 남긴 편지의 답장이 날 기다리고 있었다. 재미있게도 평소에 받지 못했던 형태의 답장을 받았는데, 언제 봐도 참신하고 포근한 답장이다.

가족들은 나의 편지를 돌려 읽고는 배달의 민족 일력에 교환 일기를 썼다. 여행이 끝나고 읽어보니 나의 여행에는 가족들의 응원과 믿음이 가득 깔려있었다. 각자에게 있었던 일의 기록 끝에는 항상 나의 건강과 즐거움에 대한 기원의 글이 있었고, 나의 빈자리에 대한 쓸쓸함과 내가 다시 돌아올 때의 기대감이 가득했다. 무엇보다 세 명의 가족이 돌아가며 쓴 글이기에 글을 읽기 전 필체를 확인하며 누가 썼는지를 미리 확인하는 재미도 쏠쏠했다. 하루도 빼먹지 않고 내가 한국에 도착한 날까지 가족들의 글이 담긴 일력. 지금도 마음이 심란하고, 괜히 울적한 날이면 이 교환 일기를 꺼내어 읽는다. 빈자리를 보며 나를 떠올린 가족들의 사랑을 느낄 수 있기 때문이다.

누가 더 참신한 답장을 쓰는지 내기라도 한 듯 애인은 그다운 답장을 준비했다. 나는 그에게 작은 카드에 내용을 쓰고 봉투에 담아 스티커로 마무리한 편지들을 주었는데, 매일 봉투를 열고 편지를 읽는 재미를 주기 위한 장치였다. 그는 내가 여행을 하는 동안 내 편지를 읽으며 뒷장에 답장을 쓰는 것에 더해서 스티커 위에 재치 넘치는 그림을 덧그렸다. 내가 붙였던 네모난 갈색 스티커는 초콜릿이 되어 있었고, 빨간 원형 스티커는 태양이 되어 빛났다.

가족들의 교환 일기

내가 없는 시간 동안 편지를 보며 그 위에 자신의 이야기를 담았을 생각을 하니 그 마음이 너무 사랑스럽고 고마웠다. 그가 쓴 문장에는 나만을 위한 동화책처럼 다정한 장면이 가득했다. 가족의 교환 일기는 단숨에 읽었지만, 이 답장은 아끼고 아껴서 읽을 수밖에 없었다. 내게 찾아온 이 동화가 끝나지 않길 바라는 마음이 들어서였다.

발신인으로 시작한 나의 여행이 수신인으로 끝나니 이보다 완벽한 기승전결이 있을까. 편지를 쓸 때 모든 편지에 답장을 기대하지는

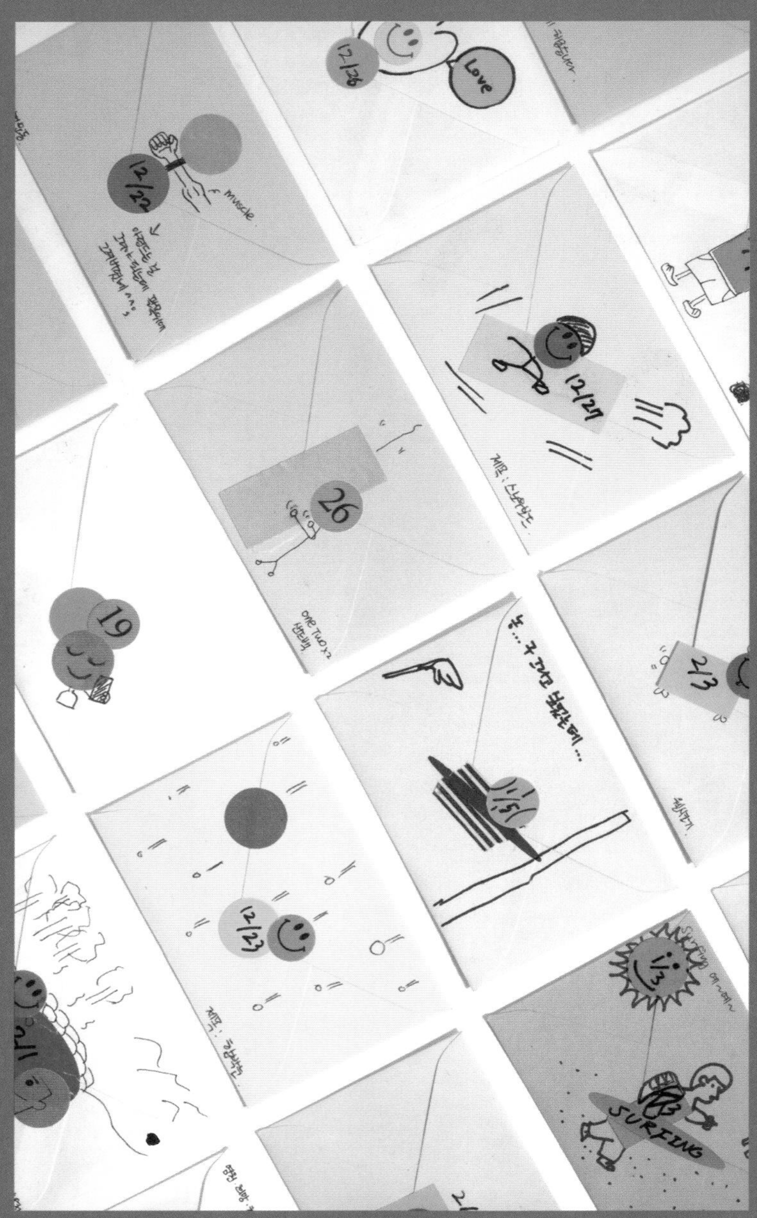

그림을 덧그린 그의 답장

않는다. 하지만 나를 향한 진심이 느껴지는, 심지어 기대하지 않았던 이 답장들만큼은 언제든 처방전 없이 먹을 수 있는 신비의 명약이 되었다. 이 답장들과 함께라면 난 무엇이든 할 수 있다.

아날로그 키퍼, 온기가 머무는 문구

2018년 2월 14일, 한국에 돌아온 뒤 내 인생은 180도 변했다. 나는 이제 직접 만든 문구를 판매하는 문방구 주인이다. 어떻게 아날로그 키퍼를 시작하게 되었냐는 질문에 대한 대답은 그해 2월 15일, 새벽 세 시로 거슬러 올라간다.

한국에 돌아온 날, 시차 때문에 새벽 세 시에 잠에서 깼다. 새벽에 물을 마시러 잠깐 일어난 아버지가 깜짝 놀라며 안 자고 뭐 하냐고 물어보셨는데 나는 잠이 안 와서 작업을 한다고 했다. 그 시간, 내가 하고 있던 작업은 취업을 위한 포트폴리오 목록 정리였다. 대학교와 동아리, 대기업 외주 작업과 개인 작업, 팀 작업 등 내가 지금까지 했던 디자인 작업을 모두 적고 분류했다. GUI(모바일 인터페이스 디자인), 영상 디자인, 브랜딩, 일러스트…. 그리고 다시 디자인해야 할 작업의 우선순위를 정하고, 새롭게 추가해야 할 디자인을 궁리했다. 나라는 디자이너를 표현할 때 어떤 작업을 보여주어야 할까. 이건 유럽에서도 내내 했던 고민이다. 나는 어떤 태도로, 어떤 디자인을 하는 사람일까.

새벽 내내 고민을 하다가 동이 텄다. 그렇게 한 달 내내 어떤 작업을 어떻게 다듬을지, 부족한 파트는 어떻게 채울지만을 생각했다. 그러다 문득 문구 여행까지 하고 왔는데 문구에 대한 작업이 하나도 없다는 것이 마음에 걸려 브랜딩 파트에 '문구 디자인'을 적었다. 이것이 아날로그 키퍼, 내 꿈의 시작이다.

글로 적었으니 작업을 시작했다. 이름을 정하는 게 우선이다. 나는 왜 문구를 좋아할까. 문구란 무엇일까. 내가 두 달 동안 경험한 문구는 뭘까. 질문이 꼬리에 꼬리를 물다 '아날로그'라는 단어를 적었다. 그러자 따라온 또 하나의 질문. '아날로그란 뭘까?' 한한사전, 영한사전, 영영사전, 백과사전, 과학기술사전, 어린이 사전… 온갖 사전을 동원해 뜻을 검색했다. 마음에 드는 답이 없었다. 디지털과 상반되는 것이라는 뜻으로는 충분치 않았다. 도대체 아날로그가 뭔데! 아무리 생각해도 답이 나오지 않아서 아날로그에 대한 나의 경험을 적었다. 찢어서 사용하는 일력, 주파수를 맞추는 라디오, 우표를 붙인 손 편지, 현상하기 전까진 결과물을 모르는 필름 카메라. 그러다 가족들이 내가 없는 동안 일력에 교환 일기를 써놓은 것을 보고 답이 나왔다. 아날로그란 '온기가 머무는 것'이다.

디지털 세계에선 모든 것이 손바닥 뒤집듯 빠르고 쉽게 해결된다. 하루가 바뀌는 것은 숫자가 바뀌는 것으로, 라디오는 휴대폰 앱으로, 편지는 메일 전송으로, 사진은 찍으면 바로 확인하는 것으로. 그사이에 온기가 머무는 시간을 알아차리기 힘들다. 그렇지만 일력을 쓰면 손으로 찢는 시간이 있고, 찢는 행위를 통해 하루가 지나갔음을 느낄 수 있다. 라디오는 버튼을 돌리며 지지직거리는 주파수를 헤치는 시간을 거쳐야 원하는 채널을 찾을 수 있고, 손으로 쓴 편지는 펜이 종이에 머무는 시간이 필요하다. 우표가 봉투에 머무는 시간이 있어야 편지가 수취인의 우편함에 도착하고, 필름 카메라도 이미지가 카메라에 머무는 시간이 있어야 한다. 노력이 필요하고 관심과 온기가 머무는 시간이 있어야 결과가 나오는 아날로그의 세계. 키보드의 'ㄱ'을 누르면 단숨에 'ㄱ'이 생기는 것이 아니라 펜촉이 왼쪽에서 오른쪽으로 가다가 적당한 위치에서 아래로 내려가야 글자가 완성되는 세계. 이 세계가 아날로그다.

이렇게 정의하니 모든 것이 정돈되었다. 내가 사랑하는 문구는 온기가 머무는 것이었고, 내가 말하고자 하는 나의 디자인도 결국 '온기가 머무는 것'이다. 아, 이 아름다운 세계여! 이렇게 아날로그까지 정의하고 나니 뭔가 아쉬워서 단어를 붙이기 시작했다. 나는 아날로그를 좋아하는 사람이니까 '아날로그 러버'라고 할까? '아날로그 피플' '아날로그 스팟'. 아날로그… 아날로그…. 이런저런 단어를 붙이다가 우연히 '나는 아날로그 감성을 수호하는 사람이 될 거야!'라는 생각이 들었다. 그렇게 '아날로그 키퍼'가 탄생했다.

어떤 문구를 만들까

이름을 지었으니 무엇을 만들지가 고민이었다. 비교적 제작이 쉬울 것 같은 지류 문구를 먼저 만들기로 했다(지금 생각하면 정말 뭘 모르고 정했다. 지류가 가장 어려운 문구라는 것을 이제는 안다). 콘셉트는 나에게 집중한다는 의미로 'focus on me'라고 지었다. 생각보다 쉽게 나왔다. 책상 앞에 앉아서 기록하는 시간은 온전히 나에게 집중하는 시간이라고 늘 생각했으니까. 그 당시에 읽던 싯다르타 책에서도 큰 영감을 받았다.

평소 수첩과 노트에 내 입맛대로 그려서 사용했던 레이아웃과 곁에 있는 사람들의 기록물들을 관찰하며 레이아웃을 디자인했다. 그것과 함께 사용하면 좋을 스티커도. 그리고 출력소에서 샘플을 뽑기 시작했다. 포트폴리오에 넣을 궁극의 레이아웃을 위해 줄 간격, 폰트의 크기, 색상, 그립감을 미세하게 조정하며 매일 충무로에 갔다. 한 번이 두 번이 되고, 두 번이 다섯 번이 되었다. 그렇게 한 달 내내 샘플을 뽑았다. 그리고 이것이 정말 괜찮은지 궁금해서 디자이너 친구들에게 샘플을 보내기 시작했다. 여기서 재미있는 일이 생겼다.

그냥 샘플 메모지만 보내기 아쉬워서 가지고 있던 동그라미 스티커 위에 귀여운 토끼, 곰 그림을 그려 보냈는데, 한 친구가 그것을 팔라고 이야기했다. 너무 조금이라서 쓰기 아깝다고. 어라? 이걸?

혹시나 하는 마음으로 가지고 있던 스티커와 그림을 그린 스티커를 인스타그램에 올렸다. '혹시 이런 것들이 있는데 사실 분?' 근데 꽤 많은 사람들에게 연락이 왔다. 나는 스티커에 그림을 그려 판매하기 시작했다. 의도한 것은 아니지만 손으로 그림을 그린 스티커가 아날로그 키퍼의 첫 제품이 되었다. 그렇게 샘플을 뽑는 비용 정도는 벌 수 있게 되었다. 낮에는 인쇄소에 가고, 밤에는 스티커를 그리는 일상이 이어지던 중, 이렇게까지 만든 제품을 한 세트만 만들기엔 아깝다는

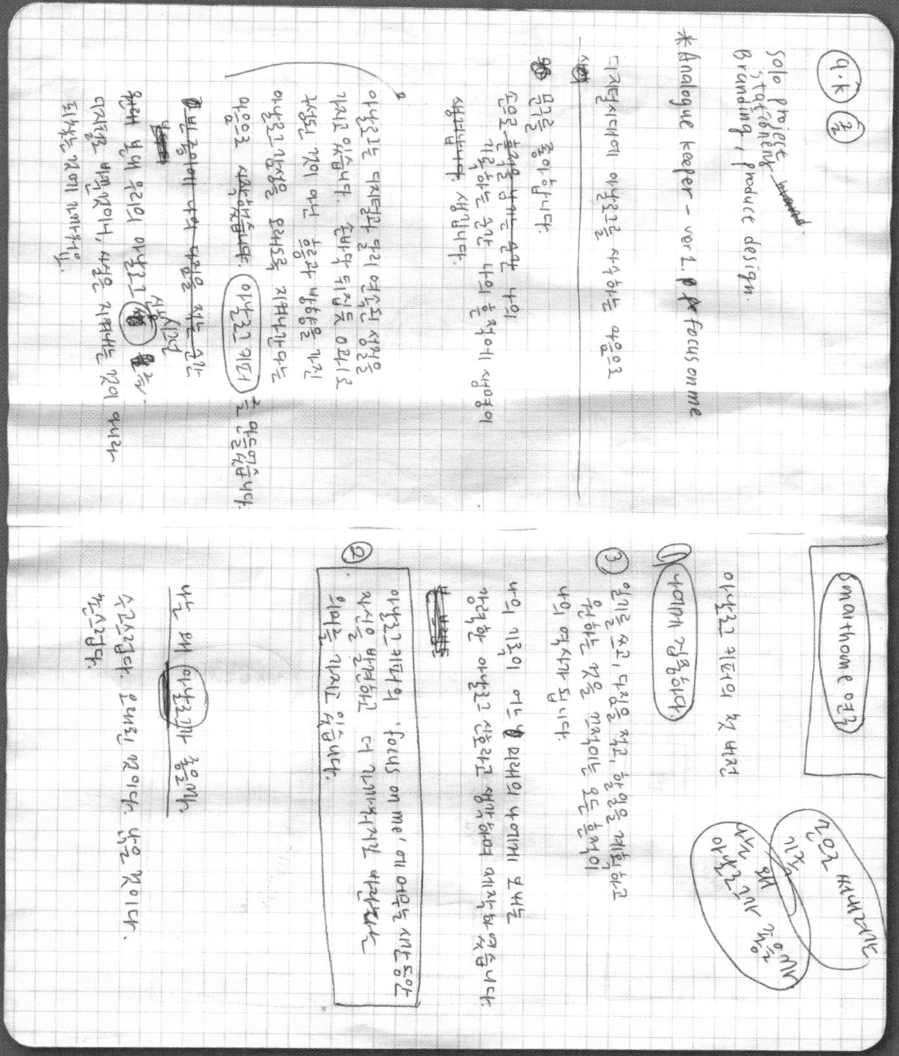

아날로그 키퍼의 시작

생각이 들었다. '남으면 내가 다 가지면 되지 뭐!' 하고 제품으로 만들기로 했다. 하지만 돈이 부족했다. 그래서 부모님께 돈을 빌렸다. "두 배로 불려 돌려드릴 테니 빌려주세요." 그리고 돌아온 말, "두 배는 바라지도 않아. 더 필요하면 말해." 그래서 아날로그 키퍼의 최초 후원자는 나의 부모님이 되었다. 나는 괜히 양심에 찔려서 반드시 두 배로 돌려드린다고 호언장담했다. 그리고 6월 1일, 아날로그 키퍼의 첫 문구 라인 'focus on me'를 선보였다.

진짜 문방구 주인이 되다

나는 문방구 주인이 되었다. 시한부였다. 부모님께는 하반기 원서 시즌 전에 끝낸다고 했다. 정말 그럴 예정이었다. 근데 너무 재미있었다. 팔리고 안 팔리고가 중요한 것이 아니었다. 밤을 새고 쪽잠을 자도 눈을 뜨는 게 행복했다. 오늘은 어떤 일이 벌어질까. 오늘은 어떤 문구를 만들까. 합법적으로 매일매일 문구만 생각하고 고민하는 삶이 계속되었다. 좋아하는 일을 직업으로 삼으면 불행해진다는데 나는 매일매일이 천국이었다. 날마다 호그와트의 연회장에 들어가고, 나니아 연대기의 옷장 문을 열었다. 그렇게 세 달을 미친듯이 일했다. 그리고 이제 정말 하반기 원서를 써야 할 때, 나는 결정해야 했다.

답은 정해져 있었다. 그간의 시간이 답이었다. 아침에 눈뜨는 게 행복하고, 쓴소리에도 감사한 것은 평생 처음 있는 일이었다. 나의 브랜드, 나의 문구를 계속 지켜나가고 싶었다. 그리고 제대로 하고 싶었다. 무엇보다 날 믿어준 부모님께 인정받으면서 '저는 아날로그 키퍼라는 문방구를 운영하는 사람이에요'라고 나 자신을 소개하고 싶었다.

나의 결정에 엄마와 애인은 예상했다는 듯 응원했지만, 아버지는 깊은 고민에 빠졌다. 공무원인 아버지 입장에서 딸이 본격적으로 사업을 하겠다는 것이 크게 걱정됐을 것이다. 그때 동생이 날 믿는다며 아버지를 설득하고 힘을 보탰다. 저녁 식사 자리에서 아버지가 "아날로그 키퍼 해라"라고 이야기한 날, 나는 정말 문방구 주인이 되었다.

아날로그 키퍼는 현재 진행 중이다. 집 베란다와 거실을 벗어나 아날로그 키퍼만의 공간을 가지게 되었고, 운영과 디자인, 포장, 배송 그리고 고객 상담까지 혼자 겨우겨우 하다가 함께 일하는 든든한 크루가 생겼다. 무엇보다 이젠 어딜 가든 "저는 아날로그 키퍼의 문경연입니다"라고 당당하게 말할 수 있게 되었다. 나는 아날로그 키퍼가 펼친 문구의 세계에서 자신만의 온기를 기록하는 수많은 사람들과 함께 하루하루 성장하고 있다. 어제보다 조금 더 문구에 대해서 많이 아는 디자이너로, 새로운 문구를 찾기 위해서 온갖 언어로 문구를 검색하는 문구 덕후로, 일주일에 두세 번 핫트랙스•와 텐바이텐을 들러 신상을 탐색하는 소비자로, 무엇보다 매일 기록하길 멈추지 않는 문구인으로 살고 있다.

앞으로 아날로그 키퍼와 나에게 어떤 미래가 펼쳐질지는 모르겠으나 하루에

• 2019년, 아날로그 키퍼는 광화문과 대구, 부산 핫트랙스에 입점했다.

세 시간씩 걸어서 아낀 돈으로 봉투를 사던 간절한 마음과 첫 제품을 온라인 마켓에 업로드하던 순간의 두근거림, 그리고 영수증에 고객의 이름을 적으며 그들의 기록이 다정하길 바라는 응원의 마음을 잃지 않기를 스스로 다짐하고 있다.

문구 여행은 계속됩니다

0

문구 여행의 기술

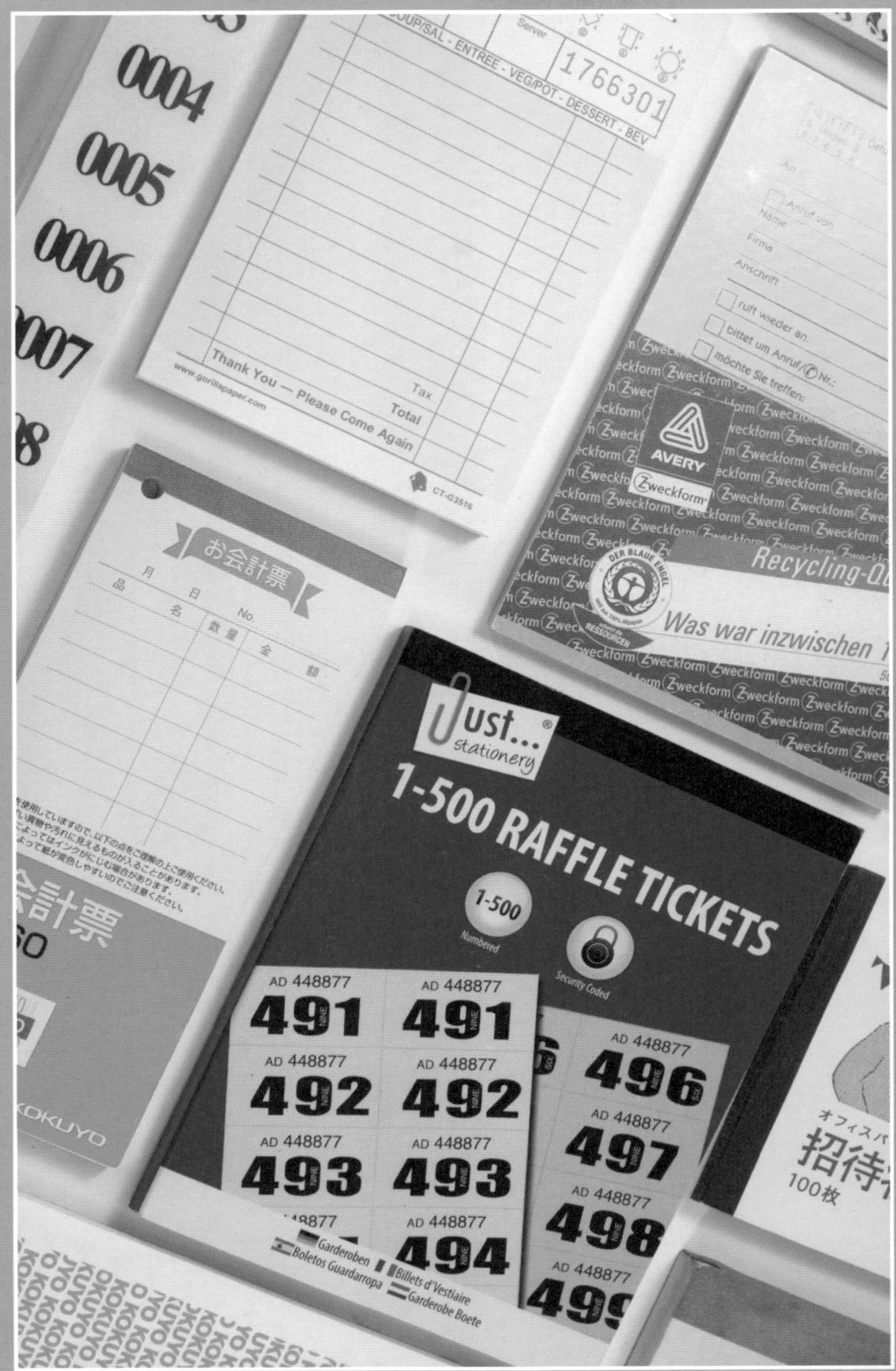

0004
0005
0006
SOUP/SAL - ENTREE - VEG/POT - DESSERT - BEV
Server
1766301
Thank You — Please Come Again
Tax
Total
www.gorillapaper.com
CT-G3516
Anruf von
Name
Firma
Anschrift
ruft wieder an:
bittet um Anruf/✆ Nr.:
möchte Sie treffen:
AVERY
Zweckform
DER BLAUE ENGEL
RESSOURCEN
Recycling-Q
Was war inzwischen
お会計票
月
日
品
名
No.
数量
金
額
会計票
KOKUYO
Just... stationery
1-500 RAFFLE TICKETS
1-500
Numbered
Security Coded
AD 448877
491
492
493
494
496
497
498
Garderoben
Boletos Guardarropa
Billets d'Vestiaire
Garderobe Boete
オフィスパ
招待
100枚

문구 여행의 기술

문방구를 찾는 일은 쉬우면서도 어렵다. 어딜 가나 문방구는 있지만 내가 찾는 느낌의 문방구일 확률은 극히 적으니까. 예컨대 유럽에서의 문구 여행은 모든 제품이 잘 큐레이션된 멋진 문방구를 찾는 것을 목표로 했으나, 여행 중 나의 편견은 잘게 부서졌다. 문구 여행에서 중요한 것은 좋은 문구를 찾아내는 관찰력과 거리를 거닐다가도 간판을 보고 문방구를 발견할 수 있는 약간의 언어 능력이다. 또한 그곳에서만 살 수 있는 제품인지 또는 국내보다 저렴하게 구매 가능한 제품인지 판단할 수 있는 사전 정보도 필요하다. 지금부터는 문구 여행에서 유용하게 쓸 수 있는 팁을 소개하고자 한다.

여행하는 국가의 언어로 문구 관련 단어를 알아둘 것

구글, 바이두, 그 외의 지도 앱에 문방구를 검색하기 전에 여행하는 국가의 언어로 문구 관련 단어를 미리 알아두자. 나는 여행 전에 중국어, 일본어, 스페인어, 독일어, 불어 등으로 '문구' '문방구' '종이' '사무용품'을 사전에서 찾아 수첩과 휴대폰 메모장에 적어두었다. 그 결과 모르고 지나쳤을 작은 문방구, 사무용품점 간판을 발견했고, 실제로 현지인만 갈 법한 문방구를 구경하고 문구를 산 적도 있다. 뿐만 아니라 키보드로 검색하는 연습도 한다. 예를 들어 중국어로 문구는 '文具'이고, 이는 'wenju'로 타이핑해야 한다는 것까지 미리 알아두면 좋다. 이렇게 하면 여행 중 해당 언어로 된 지도를 보거나 서점에서 문구 책을 찾을 때, 혹은 쇼핑몰에서 키오스크로 검색을 할 때 문구를 어렵지 않게 찾을 수 있다.

대학가 또는 사무 지구, 대형 쇼핑몰과 서점 조사하기

지도 앱에 저장한 문방구가 성에 차지 않는다면 아예 문방구를 발견할 확률이 높은 장소로 가는 것을 추천한다. 서울에서도 대학가, 강남이나 광화문 같은 사무 지구, 고속터미널, 명동, 고시촌 등에 크고 작은 문방구들이 모여있듯이 다른 대부분의 도시들도 비슷하다. 상하이 여행을 할 때는 상하이교통대학교, 세계금융센터와 대형 쇼핑몰의 위치를 미리 익혀두었고, 큰 서점과 미술관(아트숍에서도 좋은 문구를 많이 판매한다)을 지도 앱에 저장했다. 바르셀로나에서는 거리를 헤매도 무섭지 않도록 숙소를 대학교 근처로 잡았고, 런던과 베를린에선 백화점 리빙 코너를 찾아 문구를 구경했다.

고무줄과 클리어 파일 챙기기

여행을 갈 때 반드시 챙기는 몇 가지가 있다. 앞에서도 이야기했지만 고무줄과 클리어 파일은 문구 여행에 너무나 유용하다. 여행 중 구매한 필기구를 한국에 가지고 들어올 때 캐리어나 가방에 문구만 달랑 넣으면 잉크가 새거나, 혹은 심이 부러지거나 뚜껑이 빠지는 불상사가 생길 수 있다. 필기구를 한 덩이로 합쳐 고무줄로 묶고 돌돌 만 옷 사이나 수건 깊숙한 곳에 넣으면 필기구가 망가지는 사태를 막을 수 있다.

클리어 파일은 지류를 가지고 들어올 때 유용하다. 스티커, 봉투, 편지지뿐만 아니라 여행 중 챙긴 영수증, 무가지 등을 구겨지지 않게 한국으로 가져올 수 있다. 이 두 제품은 여행지에서 막상 구매하기에는 아깝거나 찾기 힘들 수 있으니 한국에서 챙겨가는 것이 좋다.

문구 여행에 유용한 노란 고무줄

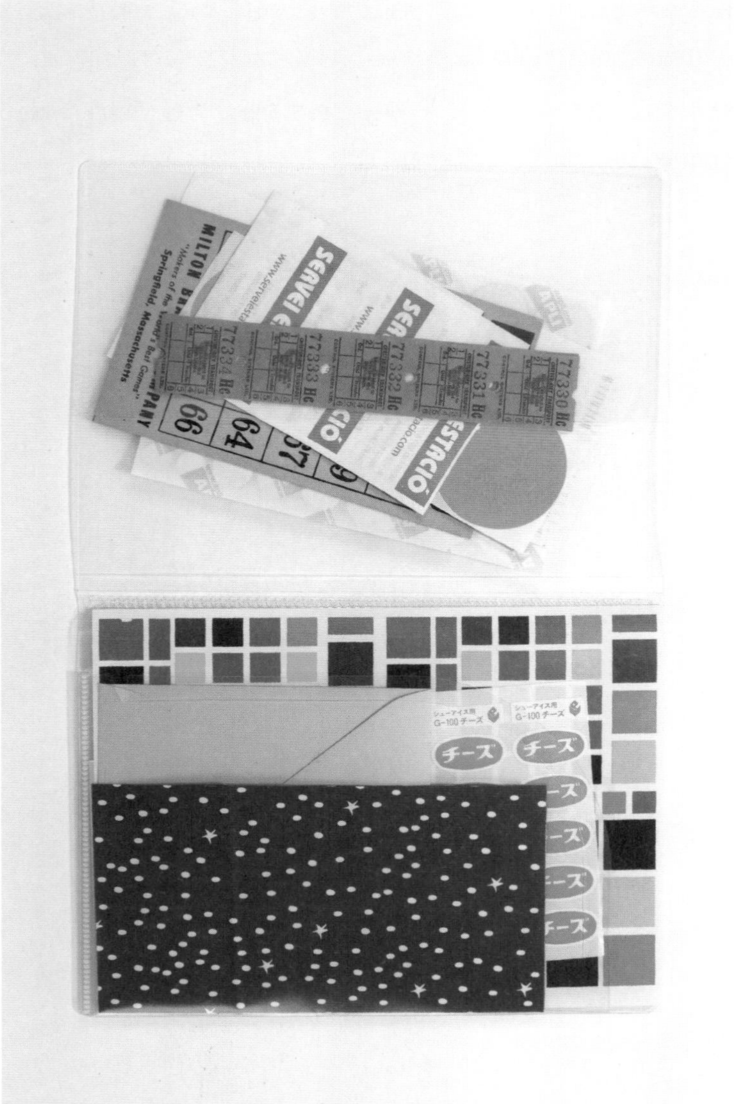

클리어 파일 활용법

나라별 유명 온라인 쇼핑몰 탐색하기

여행지에서 문방구를 찾아 문구를 사는 것도 물론 즐겁지만 한국에 와서 쓰는데 품질이 좋지 않으면 소중한 문구 여행의 기억을 도리어 망칠 수 있다. 그래서 여행 전에 온라인 쇼핑몰에서 잘 팔리는 제품이 무엇인지, 가격대와 평점은 어떤지 미리 살피는 것이 어느 정도 도움이 된다. 나는 중국의 경우 바이두와 타오바오에서, 미국은 아마존에서 검색했다. 일본은 야후, 독일은 구글 등 여행할 국가에서 가장 많이 사용하는 포털 사이트를 활용하자. 수치화된 순위와 평점을 통해 제품들을 알아두면 문구 여행 계획을 세우는 데 도움이 된다. 가격대를 미리 가늠할 수 있어 여행 예산을 짜기에도 좋다. 여기서 한 가지 팁을 추가하면 검색할 때 단어를 정확하게 적어야 한다. 한국에서 'clip'이란 단어는 일반 사무용품에서의 클립이지만 미국에서는 포괄적으로 쓰이기 때문에 'paper clip'이라고 검색하는 것이 정확하다.

여행을 기억하는 방법

여러 도시를 여행하거나 문구 여행을 자주 간다면 여행 중에 산 소중한 문구들이 섞이기 쉽다. 문구 박스에 한데 모아 보관하는 것도 좋지만 문구나 문구 포장지를 활용해서 자신만의 문구 여행 액자를 만들어보는 것은 어떨까. 여행 중 모은 종이와 포장지, 클립, 영수증, 비행기 티켓, 스티커 등으로 자신만의 액자를 꾸민다면 언제든 쉽게 여행을 기억할 수 있다.

유명한 문구 브랜드 알아두기

처음부터 각 나라의 문구 브랜드를 전부 알기란 어렵다. 그래도 어느 정도는 알아둘 필요가 있다. 미국의 팔로미노, 일본의 고쿠요, 중국의 델리, 프랑스의 클레르퐁텐, 스페인의 스타빌로 혹은 APLI, 스웨덴의 kikki.K 등 세계적으로 유명한 브랜드는 물론, 이름을 모르고 사용했던 브랜드나 잘 알려지지 않았지만 그 나라에서는 유명한 브랜드에 대해서 충분히 조사하고 가자. 이왕이면 브랜드 이름을 검색하고 적어두는 것에서 멈추지 않고 그 브랜드가 입점한 쇼핑몰, 문방구나 자체 매장이 있다면 어디에 있는지도 미리 알아보는 것이 좋다. 보통 브랜드 홈페이지의 'store' 또는 'shop' 카테고리를 통해 확인할 수 있는데, 단기간 여행을 해야 할 경우 경로를 짤 때 도움이 된다. 이렇게 하면 여행 중에 그 나라, 그 도시, 그 문방구에서만 살 수 있는 문구를 좀 더 쉽게 찾을 수 있다.

KOKUYO KOKUYO KOKUYO
4 901480 002408
MADE IN JAPAN
KOKUYO
APLI
VALE DE CAJA
Colores surtidos
Ref. 12936
A-29
1 al 100
T-42
会客单
301
BEV
Was war inzwischen
10 11 12 1 2 Datum
9 Uhrzeit 3
8 7 6 5 4
An
Anruf von
Name
Firma
Anschrift
Besuch von
ruft wieder an:
bittet um Anruf/ Nr.:
möchte Sie treffen:
AVERY
Zweckform
Recycling-Qualität
Was war inzwischen 1014
50 Blatt
LIXIN
上海立信
账簿表单
LIXIN
上海立信
付款凭
APLI

Núm.
Ref. 12940
A-990
schen 1014
50 Blatt
Zweckform
KOKUYO
CAMARE

여행지에서 꼭 사는 문구, 영수증 책 또는 쿠폰 북

내가 여행지에서 반드시 찾아내고 마는 문구가 있다. 바로 영수증 책 혹은 쿠폰 북이다. 거래명세서나 대기표 같은 것을 묶은 것인데 필요할 때마다 뜯어 쓸 수 있다. 이것들을 보이는 족족 사서 모으기 시작한 이유는 간단하다. 그 도시에서만 구매할 수 있는 제품이니까.

영수증 책과 쿠폰 북은 실제로 판매자와 구매자, 초대자와 참석자의 관계에서 '약속'과 '증명'의 기능을 하기 때문에 그 도시의 언어를 그대로 담고 있다. 중국에서 스페인어로 된 영수증을 건넬 수 없고, 미국에서 일본어로 된 쿠폰을 발행할 수 없지 않은가. 뿐만 아니라 브랜드와 나라에 따라 다른 디자인을 비교하는 재미도 있다. 필기 영역을 나누는 레이아웃, 종이 색상, 인쇄 방식, 책의 크기와 두께들이 전부 다르다. 같은 목적의 제품을 다르게 제작한 것들을 들여다보면 세계 여행 책을 읽는 기분이 든다. 여기서 한 걸음 더 나아가 장식 요소, 서체, 종이의 두께와 거친 정도, 제본 방식 등 아주 디테일한 요소들까지 살피기 시작하면 그 나라와 언어, 문화가 쌓아온 스타일을 엿볼 수 있다. 한 권의 아트 북이라 해도 과언이 아니다.

누군가는 외국의 영수증 책과 쿠폰 북이 쓸모가 있냐고 물을 수도 있다. 하지만 나에게 직접적인 쓰임은 없어도 분명 어딘가에서 약속과 증명의 기능으로 제 역할을 다하고 있는 것들이다. 이들은 적어도 나에게만은 믿음직스러운 문구임에 틀림없다.

덧붙여 이것들은 사무용품으로 구분되고, 빠르게 소비되는 제품이어서 가격이 매우 저렴하다. 사무용품점, 작은 슈퍼, 서점, 택배 발송처, 잡화점, 편의점 등에서 쉽게 찾을 수 있다. 여행을 다니며 자석이나 설탕 봉투를 모으는 사람들이 있듯 영수증 책과 쿠폰 북을 모으는 것도 색다른 즐거움이 될 것이다.

1

도쿄

취미는 문구입니다

도쿄의 문방구

– Loft

– 山田文具店

– 36 sublo

– THINK OF THINGS

– 世界堂

– 鳩居堂

– G.itoya

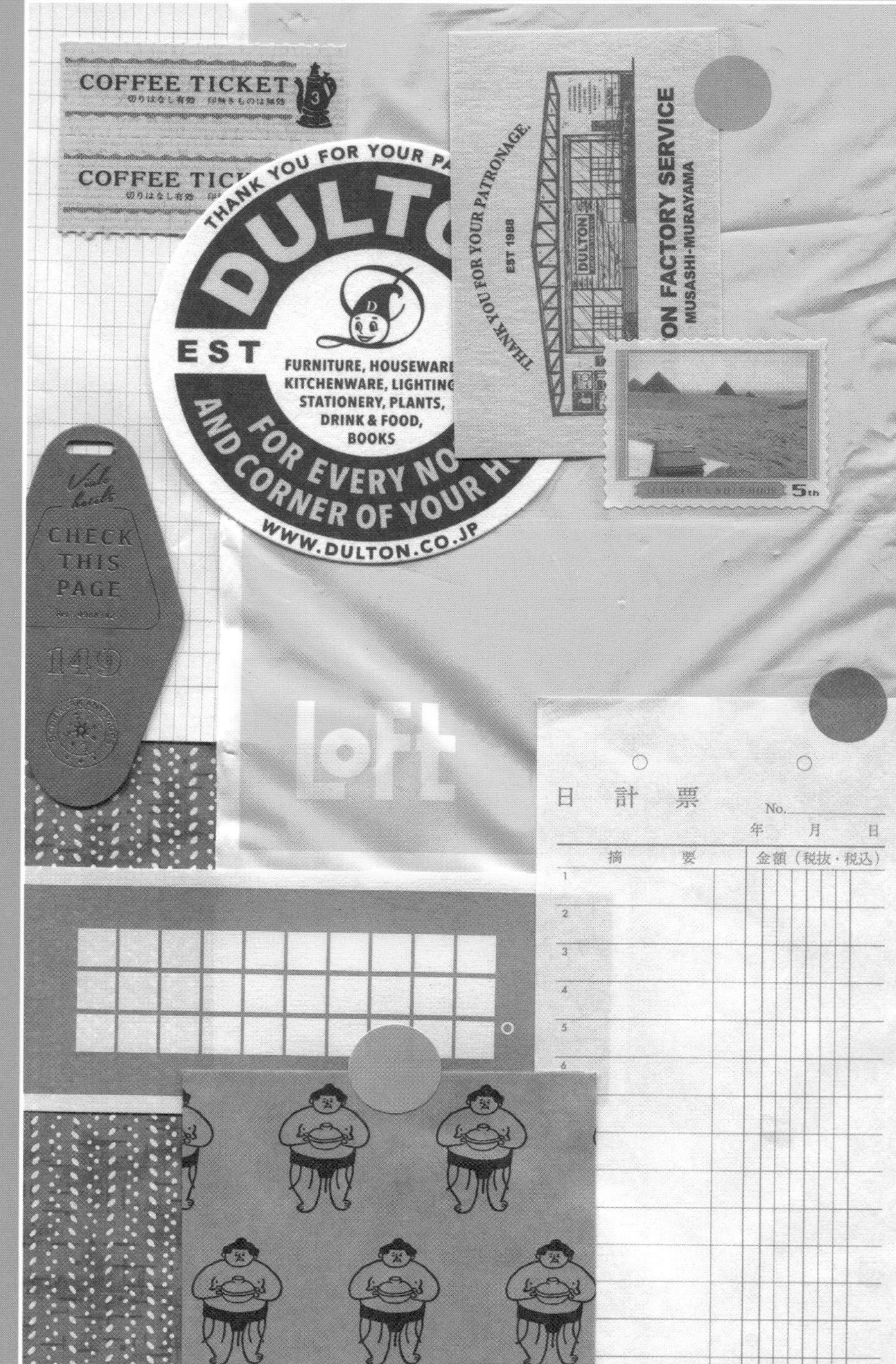

COFFEE TICKET
切りはなし有効　印無きものは無効
COFFEE TICK
切りはなし有効
EST
STATIONERY, PLANTS,
DRINK & FOOD,
BOOKS
AND CORNER OF YOUR
WWW.DULTON.CO.JP
THANK YOU FOR YOUR PATRONAGE.
EST 1988
DULTON
MUSASHI-MURAYAMA
5th
CHECK
THIS
PAGE
149
LoFt
日　計　票
No.
年　月　日
摘　要
金額（税抜・税込）
1
2
3
4
5
6

3:22 p.m.

아침 7시 25분 비행기를 타고 도쿄에 왔다. 공항에 가기 직전까지 일을 하느라 컨디션이 엉망이다. 오랜만의 문구 여행이다. 이젠 문방구 주인으로 왔다. 문방구 주인의 눈으로 보는 도쿄의 문방구는 어떨까?

도쿄
첫 번째
문방구

Loft, 무엇을 선택하든 보통 그 이상

로프트Loft를 뭐라고 표현해야 할지 고민이 된다. 이런 적은 처음이다. 단순히 '제품이 많은 문방구예요!'라고 말하기는 어렵다. 백화점도 아니고 시장도 아니고, 대형 마트나 다이소도 아니고, 편집숍도 아니다. 엄청나게 많은 제품이 있는데 도대체 MD가 이것을 어떻게 다 골랐을지 궁금하다. 게다가 어떻게 모든 제품이 보통 이상의 품질을 갖추고 있는걸까?

로프트에는 문구에 대한 지식이나 개인적인 선호가 없는 상태로 방문해도 남녀노소 누구나 만족할 수 있는 제품이 대부분이다. 급하게 편지를 써야 할 때, 내년 다이어리를 사고 싶을 때,

로프트 시부야점 Loft
주소 21-1 Udagawacho, Shibuya City, Tokyo
홈페이지 www.loft.co.jp

부모님께 드릴 용돈을 담을 봉투를 찾을 때, 조카에게 초등학교 입학 선물을 할 때, 연인에게 줄 선물을 포장할 때, 갑자기 그림이 그리고 싶어질 때, 혹은 외국인 친구에게 일본의 문구를 소개하고 싶을 때 등 로프트는 수많은 경우에 맞는 가장 쉽고 정확한 답을 준다. 도쿄에서 세 곳의 로프트 매장을 방문했는데 모두 문구의 비중이 매우 컸고, 스티커, 다이어리, 클립, 사무용품 등 카테고리별로 수많은 제품들을 갖춰놓았다. 때문에 충동구매를 할 위험성이 높지만, 원하는 카테고리의 문구를 다양한 제품들을 비교해서 사기에 적합하다.

로프트의 봉투 진열대

매장은 조명이 밝고 매대들 사이가 넓다. 평대는 높이가 적당해서 누워있는 제품을 집을 때 허리를 지나치게 굽히지 않아도 된다. 제품별 구획이 명확해서 가게 안을 헤매는 일이 거의 없고, 혹시 길을 잃었을 때 고개를 조금만 들면 천장에 매달린 표지판을 보고 원하는 코너를 쉽게 찾을 수 있다. 많은 문방구를 다니면서 느꼈지만, 이 정도로 고객을 배려하는 일은 생각보다 어렵다. 외국인인 나에게도 편안한 공간이라는 점에서 로프트가 대단하게 느껴졌다.

하지만 제품이 특정 분위기나 목적, 콘셉트에 맞게 분류된 것은 아니라 다소 딱딱한 인상을 받을 수 있다. 그리고 숨겨진 제품이 없기에 문구 탐험을 하는 느낌이 들지는 않는다. 지나치게 많은 제품들이 있어서 선택하는 게 어려울 수 있고, 조금 더 비싸긴 하겠지만 한국에서 살 수 있는 제품도 많다.

그럼에도 도쿄에 머무는 동안 세 번이나 로프트를 방문한 이유는 로프트의 문구 구매 시스템이 편리하기 때문이다. 특히 이번 여행에서는 짧은 시간 동안 예쁘고, 실용적이면서 한국에서 보기 힘든 제품을 다양하게 사야 한다. 한 공간 안에서 빠르게 제품을 보고, 테스트하고, 선택해야 할 때는 이곳이 딱이다. 보증된 품질의 문구들을 한 공간에서 빠르게 구매하고 싶다면 로프트가 꽤나 좋은 답이 될 것이다.

ねころっぴつ
LoFt
IKEBUKURO
様
¥
そえぶみ箋
ぶんぼうぐセット
TRANSIT BOOK

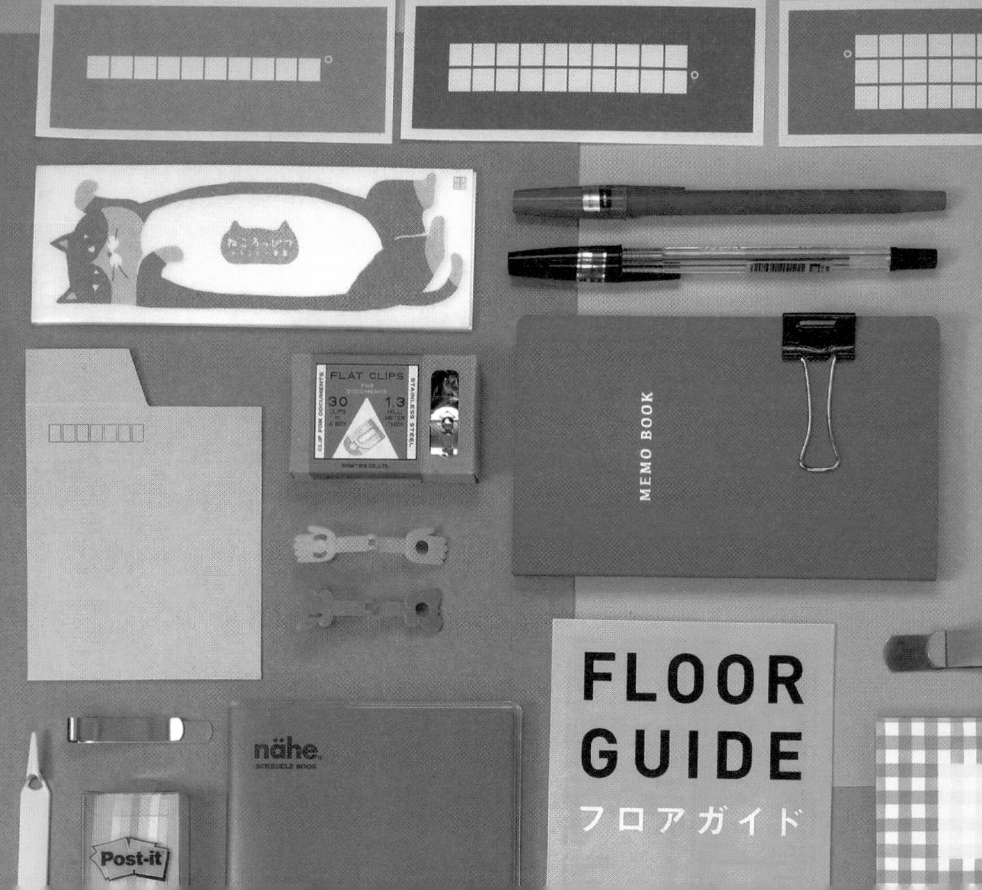
FLAT CLIPS
FOR DOCUMENTS
30
CLIPS IN A BOX
1.3
MILLI METER THICK
CLIP FOR DOCUMENTS
STAINLESS STEEL
MEMO BOOK
CHECK
THIS
PAGE
149
FLOOR
GUIDE
フロアガイド
nähe
SCHEDULE BOOK
Post-it

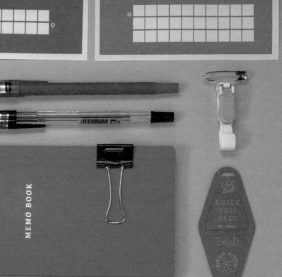

미련한 일

어제 잠을 제대로 못 잤다. 머리가 지끈지끈할 정도로 피곤했는데 한국에 돌아가서 해야 할 일이 잔뜩이라 고민하다가 잠을 설쳤다. 이렇게 미련할 수가 있나. 다음 시즌에 선보일 아날로그 키퍼 문구 작업을 하다가 왔는데, 디자인이 잘 풀리지 않아 속상하다. 도쿄에서의 문구 여행이 도움이 될까? 어쨌든 오늘은 가장 중요한 일정이 있어 부랴부랴 준비하고 나간다.

도쿄
두 번째
문방구

야마다 문구점, 문구 탐험의 교과서

야마다 문구점山田文具店은 도쿄 중심에서 조금 떨어진 미타카 역 근처에 있다. 위치상 시간을 따로 빼서 가야 할 정도로 멀지만 야마다 문구점과 뒤에서 소개할 36 사브로36 sublo만 간다고 해도 시간과 노력이 전혀 아깝지 않다. 복잡한 도쿄 중심에서 벗어나 한적한 동네에 있는 문방구. 문구 탐험을 하기에 제격이다.

야마다 문구점 山田文具店

주소 1F, Mitaka plaza, 3-38-4, Shimorenjaku, Mitaka, Tokyo

홈페이지 yamadastationery.jp

문방구에 들어서면 오른쪽과 왼쪽 중 어느 방향으로 돌아야 할까 고민이 될 텐데 이곳은 오른쪽을 먼저 구경하면 좋다. 가게 오른쪽에 진열된 제품은 유럽에서 온 빈티지 봉투다. 크기도, 모양도, 디자인도 제각각인데 그 종류가 꽤나 많다. 몸을 숙이고 손을 뻗으며 문구를 발굴하는 일은 생각보다 쉽지 않다. 시야를 넓히고 좋은 제품을 고르는 방법은 최대한 많이 보는 수밖에 없는데, 충분히 단련되지 않았다면 오른쪽의 봉투 코너에서 먼저 최대한 워밍업을 해보자.

이제 가게의 중앙으로 나간다. 평대에

수많은 문구들이 누워있다. 눈길을 끄는 제품을 바로 선택하는 것도 좋지만 '여기는 빈티지한 문구를 파는구나. 이 평대는 스모 캐릭터가 콘셉트고, 이 책장에는 스탬프가 모여있네' 하는 식으로 매대별 콘셉트를 전체적으로 빠르게 파악하는 것이 좋다. 이때 이미 알고 있는 제품은 넘어가고 되도록 유독 손길이 닿지 않았거나 하나만 남은 제품 위주로 관찰한다. 이 과정이 어렵다면 가게 주인에게 물어보는 것도 방법이다. "가장 인기 있는 제품은 무엇인가요?" 또는 "가장 오래된 문구는 무엇인가요? 제일 좋아하는 문구를 추천해주세요." 자신만의 문방구를 창조한 사람에게 길을 묻는 것은 문구 여행 중에 경험할 수 있는 큰 행복이다.

야마다 문구점은 매대마다 콘셉트와 제품군이 다르고, 깊숙한 곳까지 다양한 문구가 채워진 덕분에 더 즐겁다. 제품마다 수량이 많지 않아서 내가 선택한 문구가 더 특별하게 느껴지기도 하고, 손길이 닿지 않은 문구가 내 것이 되는 설렘과 성취감을 느낄 수 있다. 무엇보다 보고 듣고 만지면서 문방구를 탐험하기 때문에 그 누구도 아닌 자신만의 문구 세계를 넓혀나갈 수 있다.

문방구에서 나왔는데도 흥분이 가라앉지 않는다. 이거였어! 이런 게 문구 여행이지. 양손을 포함해 배낭까지 가득 채워 가게를 나선다. 보물찾기 대회에서 우승이라도 한 것처럼 기분이 좋다. 다음에 갈 곳도 기대하던 문방구이기에 발걸음을 재촉한다.

ŠETŘTE DŘEVEM
STÁTNÍ PŘÍRODNÍ REZERVACE
chrání úseky přírody z důvodů vědeckých, hospodářských a kulturních
ユリ
ケイトウ
スズラン
ユリ
スイレン
ダリア
スイセン
アジサイ
カトレア
ヒヤシンス
スミレ
キク
バラ
タンポポ
リンドウ
ケシ
コスモス
ナデシコ
チューリップ
レンゲ
フリージア
ヒマワリ
Täglich frische Fleisch- und Wurstwaren
チ−35
大型ラベル 6055
WHITBREAD
Pale Ale
krásná hračka radost

GLUTASOL
zlepší chuť
všech pokrmů
Vitana

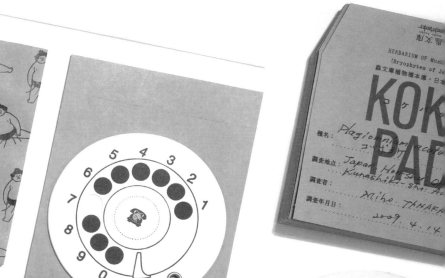

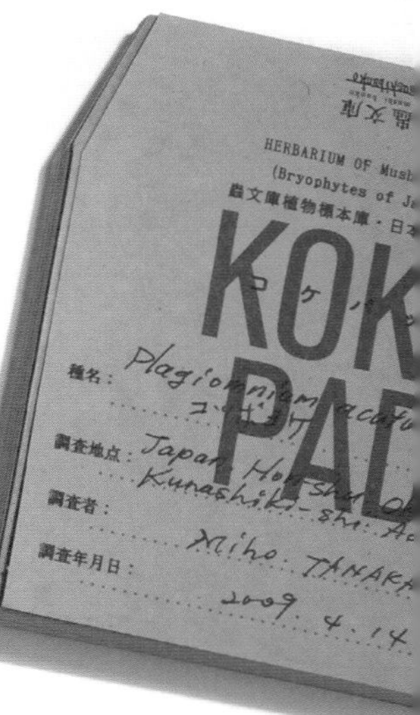
種名：
Plagiomnium acuto
調査地点：
Japan Honshu
調査者：
Miho TANAKA
調査年月日：
2009. 4. 14

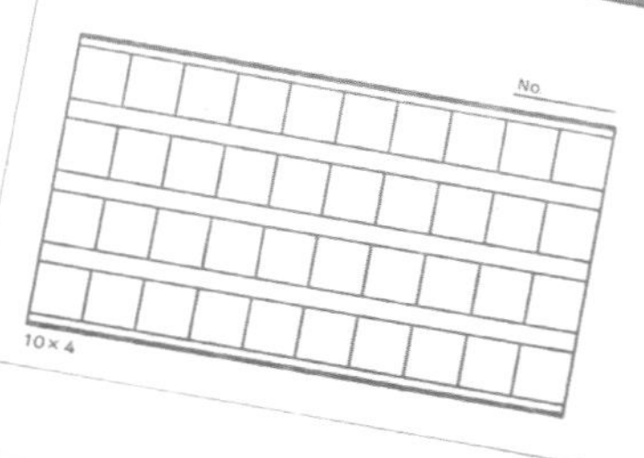
No.
10×4

POTATO
FRIED
H-8-6

Red Star Line
services réguliers entre
Anvers — New-York
Anvers — Canada
PRAVIDELNÁ
LÉKAŘSKÁ PROHLÍDKA

書
名
貸出日
返却日

КРЫМСКИЙ

도쿄
세 번째
문방구

36 sublo, 카메라는 가방에 넣어두세요

이곳은 도쿄에 간다고 했을 때 많은 친구들에게 추천받은 문방구다. 그만큼 기대치가 최고조다. 드디어 나도 간다! 길을 건너 건물로 들어간다. 36 사브로36 sublo는 어쩌다 이런 곳에 자리 잡았을까 싶을 정도로 평범한 건물에 있다. 발걸음 소리가 울릴 정도로 조용한 건물 2층에 있는 문방구 문 앞에는 'No photo' 팻말이 걸려있다. 아이러니하게 그 팻말을 찍고는 휴대폰을 가방에 넣었다.

36 사브로 36 sublo

주소 2F, HARA Building, 2-4-16 Honcho Kichijoji, Musashinoshi, Tokyo

홈페이지 www.sublo.net

딸랑. 종소리를 만들며 문방구에 발을 들였다. 가게 안이 한눈에 다 보인다. 매장이 작다는 소리다. 친구들이 알짜배기 문방구라고 했으니 실망하긴 이르다. 사방으로 장식장이 빼곡하고, 가게 정중앙에도 문구 평대가 있다. 언제나처럼 시계 방향으로 돈다. 내가 멈추면 다른 손님들이 움직이는 흐름이 끊기기에 적당한 속도로 발걸음을 옮겨야 한다. 한 매대 앞에 오래 머물고 싶어도 다른 사람에게 자칫 방해가 될까 봐 아쉽게 발걸음을 옮기기도 한다.
앞서 다녀온 야마다 문구점과 일부 품목이 겹치긴 하지만 말 그대로 알짜배기가 가득해 가게를 다섯 번은 돈 것 같다. 이번에도 양손 가득 문구가 들려있다. 주인이 내가 고른 문구를 하나하나 살피며 가격을 입력하는 것을 보고 있자니 왜 사진 촬영을 금지했는지 알 것 같다. 가게 공간이 작으니 문구를 놓을 자리 하나하나를 고민했을 것이

틀림없고, 자신이 갖고 싶어서 산 문구도 꽤 될 것 같다. 고객이 제품을 구경하고 구매하기 훨씬 이전에 주인의 정성이 엄청나게 들어갔을 것이다. 나라도 사진 한 장으로 이 모든 것이 쉽게 표현되는 게 아쉬울 것 같다. 내가 고른 문구를 정성스럽게 포장하는 주인을 보니 그녀의 하루가 상상이 된다. 내가 문방구를 운영하고 있어서일까.

사브로 문방구 주인의 하루 일기 (100% 나의 상상)

아침에 일어나 가볍게 식사를 하고 출근했다. 어제 장바구니에 담은 빈티지 문구를 살까 고민 중이었는데, 결국 구매하기로 출근하는 길에 결심했다. 가격이 좀 높긴 하지만 우리 가게와 잘 어울릴 것 같다. 특히나 빈티지 문구는 종류가 많지 않고 상태가 좋은 제품은 더 찾기 힘들어서 이거다 싶으면 사야 한다.

조금 있으니 전에 주문한 문구가 도착했다. 바로 박스를 뜯어 물건을 검수한다. 포장도 꼼꼼하고 불량품이 적어 만족스럽다. 다만 클립 중 하나가 생각했던 것보다 작아서 아쉽다.

새로 도착한 문구의 자리를 정해야 하는데 어디가 좋을지 고민하느라 애를 먹었다. 이미 만석이어서 클립 자리를 만드는 데 시간이 꽤나 오래 걸렸다. 클립들을 모아둔 자리가 좋을지, 아니면 새로운 클립과 어울리는 노트 옆이 좋을지 고민하다가 클립들이 모인 자리에 두기로 했다. 그래야 고객들이 더 쉽게 비교하고 구매할 수 있을 테니까. 오후가 되면 관광객들이 많이 온다. 오늘 고심해서 놓은 클립과 매번 잘 팔리는 빈티지 티켓이 외국인 손님의 손에 들린 것을 보니 흐뭇하다. 그런 손님들을 보면 속으로 매번 외친다.
'저도 그거 무지 좋아해요!'

오늘은 가게가 딱히 북적이지 않아서 제품 주문 같은 다른 일을 꽤 많이 했다. 재고가 얼마 남지 않은 수첩과 우표는 재발주를 넣었다. 신제품도 샘플로 몇 개 주문했는데 괜찮으면 좋겠다.

마감을 하고 청소를 한다. 아침에 새로 진열한 클립 중 남은 것을 보다가 그것과 어울리는 노트 옆으로 자리를 옮겼다. 잘 팔리는 것보다, 제대로 팔리는 것이 더 중요하니까. 클립 놓을 자리를 만들다가 뒤에 숨겨져 있던 오래된 엽서를 발견했다. 보통 이런 건 내 것이 된다. 갖고 싶어서 샀다가, 판매하기 위해 가게에 두었는데 다시 나에게 돌아온 문구는 정말 내 것 같다. 이럴 때면 나의 직업이 정말 좋다. 오늘 밤부터는 비가 온다고 하니 제습기를 켜놓고 퇴근해야겠다.

COFFEE TICKET
切りはなし有効　印無きものは無効
9
COFFEE TICKET
切りはなし有効　印無きものは無効
10
COFFEE TICKET
切りはなし有効　印無きものは無効
11

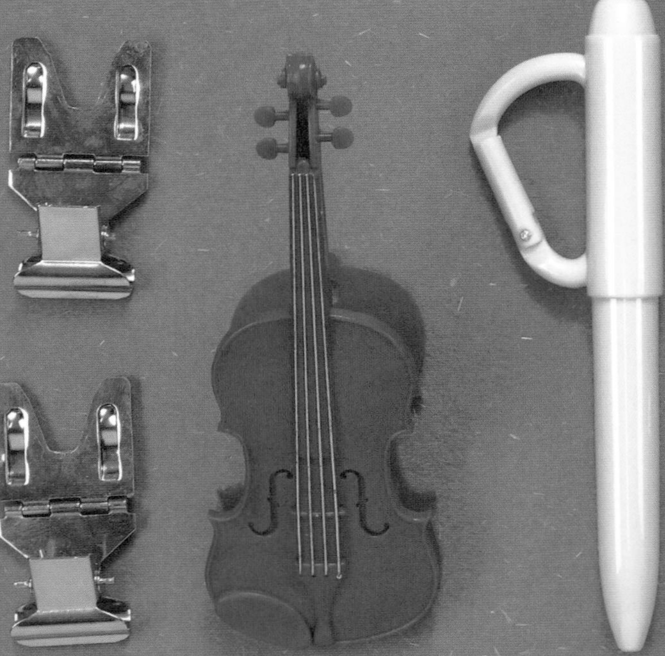

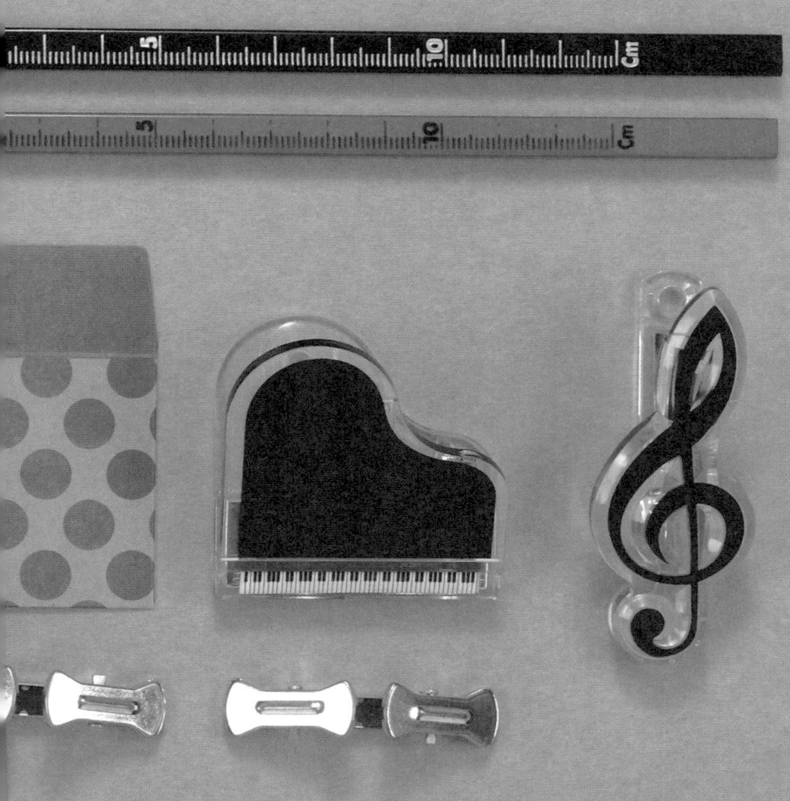
5
10
Cm
5
10
Cm

THINK OF THINGS, 정수를 찾아서

띵크 오브 띵스THINK OF THINGS는 일본의 문구 브랜드 고쿠요KOKUYO에서 만든 라이프 스타일 편집숍이다. 문구 브랜드에서 만든 편집숍이라니 뭔가 느낌이 온다. 무엇보다 이름부터 마음에 든다.

띵크 오브 띵스
THINK OF THINGS

주소 3-62-1 Sendagaya, Shibuya-ku, Tokyo

홈페이지
www.think-of-things.com

문구가 꽉 찬 문방구는 아니지만, 이곳은 고쿠요에서 생활과 문구를 어떻게 접목하고 싶어 하는지, 그리고 그것을 어떻게 실현하고 있는지를 알 수 있는 곳이다. 때문에 연구소처럼 느껴지기도 한다. 매번 콘셉트와 판매하는 품목이 달라진다고 들었는데, 내가 갔을 땐 중앙 매대에 각종 클립과 집게들이 놓여있고 원하는 만큼 병에 담아 살 수 있었다. 자사에서 클립을 만들면 이런 재미있는 판매 방식도 활용할 수 있겠다는 생각이 들었다. 나는 여행하면서 사 모으거나 아마존, 타오바오, 이베이에서 고심해서 고른 물건들을 몇 주 만에 받아서 판매하는데, 이곳처럼 자체 공장이 있으면 원하는 클립을 만들어, 실험적으로

원하는 만큼 병에 담아 살 수 있다

판매해볼 수 있겠다는 생각이 들었다. 재미난 아이디어들을 제약 없이 떠올릴 수 있겠지. 여기까지 생각이 이르자 갑자기 엄청 부러워진다. 돈을 아주 많이 번다면 꼭 인쇄소와 클립 공장을 세우고 말리라. 이런 다짐은 매장 곳곳의 디테일을 보며 더욱 강해졌다. 로고가 박힌 종이 바인더, 색연필, 마카와 스테이플러 등이 이곳이 제안하는 새로운 방식으로 전시되어 있었다. 포장을 벗기고 제품만으로 승부하는 모습이 '이게 고쿠요의 정수인가'라는 생각이 들 정도로 멋졌다.

다리가 아파 가게 안쪽에 있는 소파에 앉아 잠시 쉬는데 아날로그 키퍼 생각이 사무쳤다. 나는 이곳처럼 궁극의 정수만 담긴 아날로그 키퍼만의 문방구를 만들 수 있을까? 이렇게 잘 만들어진 문방구와 문구를 보면 참을 수 없는 부러움이 밀려와 금방 기분이 가라앉는다. 이번에도 역시나. 이럴 땐 별수 없다. 내 본업에 충실하자. 문구를 만들고, 소개하고, 연구하는 것.

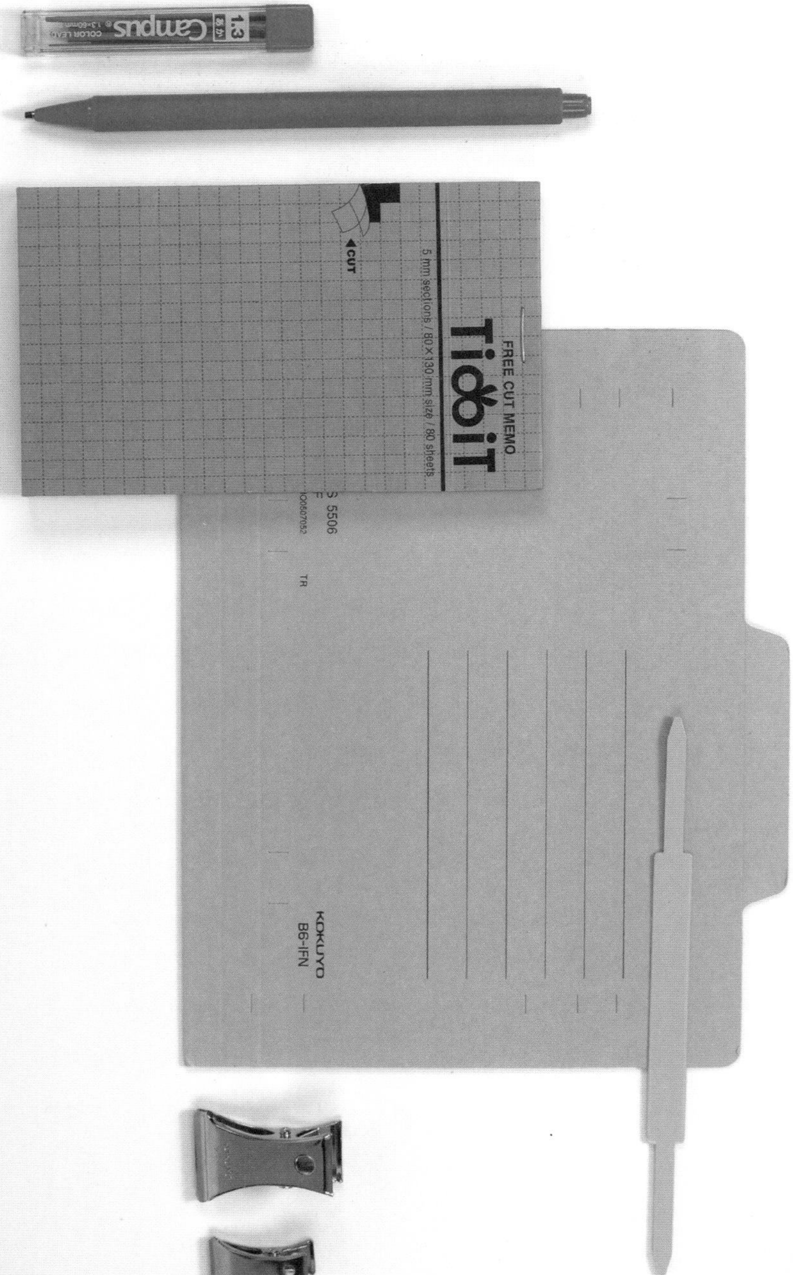

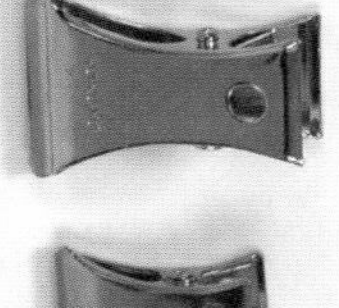

손이 간지러운 밤

이럴 때 참 웃긴다. 모처럼 여행을 왔는데 왜 일이 하고 싶은 거지. 나흘짜리 문구 여행이 절반쯤 지났을 뿐인데, 얼른 한국에 돌아가 작업하고 싶어졌다. 짧은 시간 동안 수많은 아이디어가 떠올랐고 노트에는 스케치가 가득하다. 돌아가서 만들기만 하면 된다.

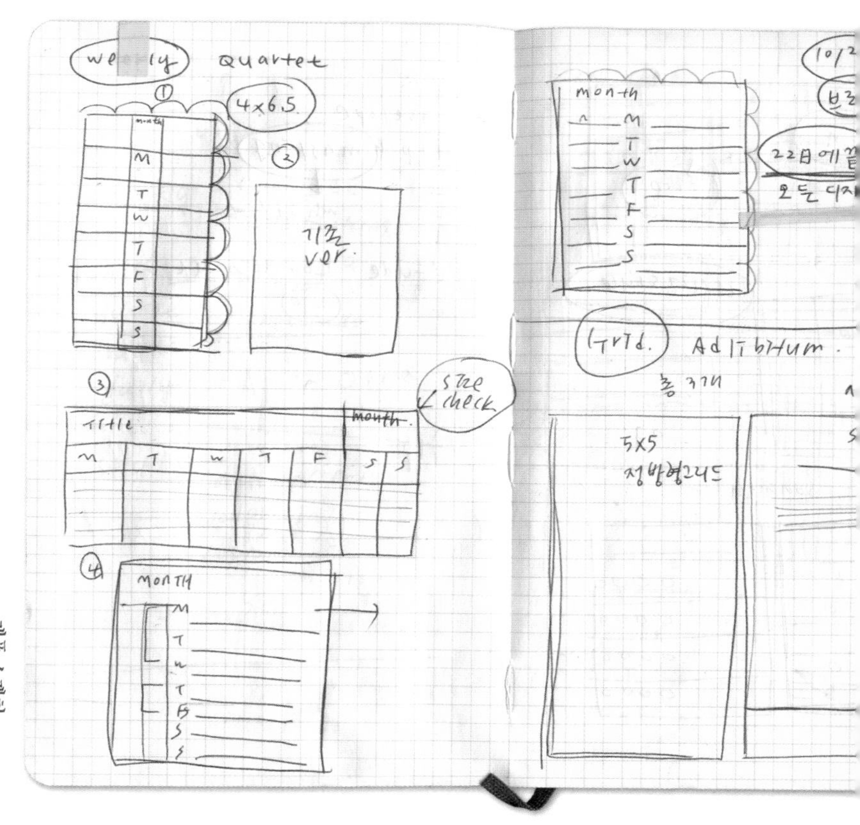

제품 스케치

세카이도, 화방의 의미

문구 여행을 하며 수많은 화방을 다녔지만, 손에 꼽히도록 좋은 곳 중 하나가 세카이도世界堂이다. 세카이도에는 온갖 화구가 가득하다. 5층으로 된 세카이도 신주쿠 본점은 일반 문구부터 전문가용 화구, 액자까지 다양한 문구를 다룬다. 베를린의 모듈러가 새하얀 도화지 같은 화방이었다면, 세카이도는 물감을 가득 짜놓은 팔레트 같은 느낌이다. 모든 것이 준비되어 있으니 나는 고르기만 하면 된다.

세카이도 世界堂

주소 1F~5F, sekaido building, 3-0-0 Shinjuku, Shinjuku-ku, Tokyo

홈페이지 www.sekaido.co.jp

이런 문방구를 굉장히 좋아하지만, 일본어를 제대로 읽을 수 없으니 이 공간을 100% 향유할 수 없어 아쉽다. 특히 일본 특유의 세심함으로 마련된 제품의 옵션이 무척 많은데, 그것을 제대로 확인하기 어렵다. 취향, 습관, 선호도, 용도, 기능 등에 맞춰서 고를 수 있는 옵션들인데, 당최 읽을 수가 없으니 어떻게 다른지, 무엇 때문에 다른지를 제대로 이해하기 힘들다. 그럼에도 수많은 문구에 둘러싸여 미지의 세계를 탐구하는

일은 언제나 즐겁다. 세카이도를 조금 더 자세히 살펴보자.

만약 화구에 관심이 없는 문구인이라면 1층만 둘러봐도 무방하다. 1층엔 방대한 양의 문구가 있다. 일반적인 노트, 펜, 파일, 클립, 스티커, 엽서까지 없는 게 없다. 일본 문구 브랜드가 한국에도 많이 있어서 아는 제품이 꽤 많지만, 매대를 자세히 살피면 이야기가 달라진다. 판형이 제각각인 메모 패드, 수십 가지 디자인의 바인더, 각종 공문서 양식과 영수증 책, 한국뿐 아니라 미국, 유럽에서도 보지 못했던 아트 사인, 라벨지, 편지지… 온갖 문구가 빽빽히 놓여있다. 허리를 숙이고, 문구 사이로 손을 집어넣어 매대 깊숙한 곳에 박힌 미지의 문구를 꺼내어 볼 수 있는 곳이다. '이거다!' 싶은 문구를 발견할 수도 있지만, 이내 실망할 수도 있다. 질보다 양으로 승부하는 이런 곳에서는 나의 도전과 행동만큼 성공 확률이 높아지니 적극적으로 몸을 움직일 필요가 있다.

조금 더 적극적인 문구인이라면 에스컬레이터를 타고 2층으로 올라가보자. 2층은 디자인용품과 각종 지류가 있다. 어떻게 들고 갈지 걱정할 필요는 없다. 색상지나 엽서, 스티커 같은 종이 제품은 바인더 하나만 추가로 구매하면 한국까지 무사히 가져올 수 있다. 한국의 킨코스나 오피스디포, 알파 또는 충무로의 출력소에 개인 소장 종이를 가지고 가면 그 종이에 인쇄를 해주기 때문에 어디에 어떻게 사용할지를 고민하기 전에 우선 몇 장이라도 골라보는 것은 어떨까. 그렇게 산 종이에 일기를 쓰거나, 편지를 타이핑해서 출력해도 좋고 조각조각 잘라서 다이어리의 이곳저곳에 붙여두면 여행을 색다른 방법으로 기록할 수 있다.

3층으로 올라가면 물감을 비롯해 일본 브랜드의 화구를 구경할 수 있다. 한국에서도 외국 브랜드 화구를 쉽게 구매할 수 있어서 건너뛸 수도 있지만, 수많은 물감과 붓 사이를 거니는 경험을 놓치지 말자. 가지런히 놓여있는 물감들 사이를 걸을 때마다 나 자신이 색색의 물감 옷을 입은 팔레트가 된 것 같은 기분을 느낄 수 있다.

세카이도의 물감 진열대

이런 기분은 4층에 비하면 스케치에 불과하다. 4층은 액자가 가득하다. 흰 배경지도 안 끼워진 날것 그대로의 프레임을 가만히 살피다 보면 앞으로 어떤 그림을 담을 액자일지 상상해보는 재미가 있다.

화방은 언제나 가능성을 던지는 곳이다. 세카이도는 방문하는 이들에게 문구를 포함해서 예술 작품에 대한 상상의 방향을 제시한다. 생활에 유용한 도구로서의 문구를 다루는 1층을 시작으로 위층으로 갈수록 종이, 재료 그리고 완성작을 담는 액자까지 차례대로 배치해서 작품의 시작과 끝을 상상할 수 있도록 돕는다. 문을 나서며 화려한 번화가에 여전히 우뚝 서있는 화방의 의미는 무엇일지 곱씹게 된다.

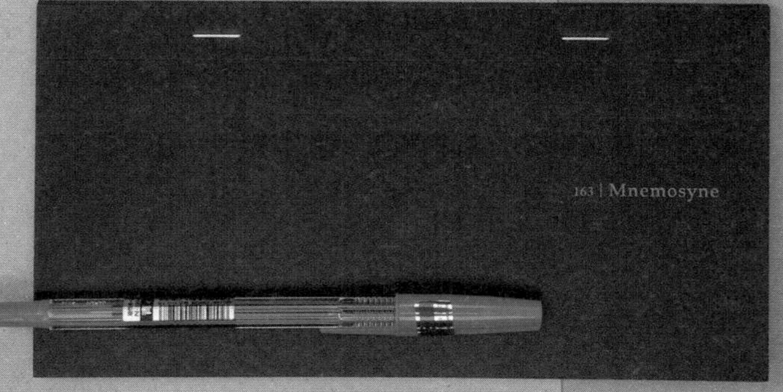
163 | Mnemosyne

도쿄
여섯 번째
문방구

큐쿄도, 문구를 대하는 태도

큐쿄도鳩居堂는 그 역사가 삼백 년이 넘은 문방구다. 백화점 곳곳에 작게 입점해 있기도 한데 이왕이면 긴자 지점에 가는 것을 추천한다. 긴자점은 1층과 2층은 문방구로, 3층과 4층은 갤러리로 운영한다. 삐그덕거리는 나무 계단을 오르는 재미가 있는 곳. 이곳은 사진 촬영이 금지되어 있다.

큐쿄도 긴자점 鳩居堂
주소 5-7-4 Ginza, Chuo-ku, Tokyo
홈페이지 www.kyukyodo.co.jp

문방구 치고는 거대하고 멋진 문(사실 편견이다. 문방구 문도 멋지고 거대할 수 있지 않은가)을 열고 들어가면 수많은 시대들이 스쳐지나가는 느낌을 받는다. 삼백 년 전에도 수많은 사람들이 설레는 마음으로 다녀갔을 문방구가 휘황찬란한 긴자 한복판에 아직 그대로 있다는 점에서 일본 사람들이 문구를 대하는 태도를 짐작할 수 있다.

큐쿄도에서 주로 다루는 제품은 일본 전통 종이인 화지다. 화지와 함께 사용할 먹, 붓, 벼루 등도 함께 취급한다. 쉽게 말하면 문방사우를 판매하는 곳인데, 직접 만질 수 있는 것부터 박물관처럼 유리 안에 전시되어 있는 것까지 제품 간 차이가 꽤 크다. 연령층은 관광객을 제외하면 40대 이상이 훨씬 많다. 편지지 하나를 고심해서 고르고, 화지를 세심히 살피는 그들의 모습에서 어쩌면 이들에게는 문구가 고급 취미는 아닐까 하는 생각이 든다. 2층에 가니 그 생각이 더욱 단단해진다. 곱게 옷을 차려입은 할머니가 붓 머리를 쓰다듬고, 허리를 굽혀 벼루의 장식을 구경하고 있다. 나이 지긋한 고객들이 반짝이는 눈으로 직원에게 먹과 종이에 대해 질문하고, 고가의 문구가 전시된 유리장 앞에 한참이나 서있다.

큐쿄도에 대한 이야기는 여기서 줄인다. 뒤에 나올 상하이의 문구 거리와 큐쿄도를 비교하는 것이 무척 재미있기 때문이다. (245쪽 참고) 나와 여러분의 즐거움을 위해 큐쿄도에 대한 글은 아쉽지만 잠시 아껴둔다.

종이에 글을 쓰는 것은 무척 쉬운 일이지만, 제대로 쓰고자 하면 얼마든지 묵직해질 수 있다는 것을 그들의 태도에서 배웠다. 이런 마음은 아주 오래전부터 지금까지 이 공간을 통해 전해졌을 것이다. 엽서를 사러 들어왔던 학생이 나이가 들어 벼루와 먹을 사러 방문할 것이며, 『츠바키 문구점』 속 주인공의 할머니처럼 손녀에게 선물할 붓을 살 때는 가장 먼저 큐쿄도를 떠올릴 것이다. 글을 쓰고 그림을 그리는 것이 얼마든지 소중하고 고급스러운 취미가 될 수 있다는 점에서 아날로그한 문구의 힘을 잔뜩 느낄 수 있다.

도쿄
일곱 번째
문방구

이토야, 문구 백과사전

누군가 문구의 현재를 물으면 주저 없이 도쿄 긴자에 있는 이토야itoya라고 답한다. 백 년의 역사를 지닌 이곳에서는 문구가 얼마나 발전했고, 지금은 어떤 문구가 사랑받는지 엿볼 수 있다. 무엇보다 문구란 무엇인지 질문을 던지는 곳이다.

이토야는 긴자에 두 개의 건물이 있는데 지금 소개할 곳은 G. itoya다.
빨간 클립의 간판이 시그니처인 이곳은 무려 10층짜리의 거대한 문방구다.
가격대가 높은 문구가 대부분이라 쓸어 담는 쇼핑엔 적합하지 않지만, 문구란 꼭 구매해야만 의미가 있는 것은 아니다.
이곳은 백화점에 가까울 정도로 규모가 큰데, 한 층이 아주 넓지는 않아서 구경하는 것이 크게 무리가 되지는 않는다. 층마다 계산대가 있고 품목별로 구분이 잘 되어 있어서 원하는 문구를 빠르게 찾을 수 있다.

1층은 제품군을 특정하지 않고 다양한 품목을 취급한다. 보통 인기가 많은

이토야 G.itoya
주소 2-7-15, Ginza, Chuo-ku, Tokyo
홈페이지 www.ito-ya.co.jp

매대에 사람이 몰리기 마련인데, 이토야는 그렇지 않다. 대부분의 상품이 골고루 인기 있고, 물건들이 제자리에 제대로 놓여있어서다. 이렇게 과하지도, 부족하지도 않게 물건을 진열하는 방법은 누구의 머리에서 나왔을까. 세심한 배려를 느끼며 2층으로 올라간다.

2층은 편지지가 메인이다. 1층에 이어 편지용품을 바로 붙여놓은 것이 다소 지루해 배치 의도가 궁금해졌다. 물류 관리가 용이하고, 누구나 가볍게 구매를 고려할 수 있는 제품군이어서일까. 3층은 필기구를 다룬다. 만년필부터 펜까지 다양한 필기구를 한눈에 볼 수 있다. 이들이 고객의 손으로 옮겨가 빈 종이에 무한한 글자를 만들어낼 것을 상상하니 누워있는 모습이 결연해 보인다.

4층은 다이어리를 다룬다. 양장 다이어리부터 링바인더 다이어리까지 그 모양새가 다양하다. 바인더 다이어리 리필 용지의 레이아웃을 구경하는데, 하루를 한 시간, 30분, 5분까지 쪼개놓고, 목적에 맞게 속지를 고를 수 있도록 선택지를 다양하게 제공하는 디자인이 인상적이다. 수많은 레이아웃들을 단 하나도 겹치지 않게 제작했다는 것에서 문구 디자이너로서 배울 점이 많다.

5층에는 여행용품이 있다. '문방구에서 웬 여행용품?'이라는 의문이 들겠지만 생각해보면 여행을 갈 때 펜 한 자루, 작은 수첩 정도는 챙긴다는 점에서 여행과 문구의 접점이 생긴다. 이곳에서는 여행용 캐리어부터, 지갑, 파우치, 여행을 모티브로 한 오브제 등 다양한 품목을 다룬다. '이게 무슨 문구야'라고 생각하면 뜬금없어 보이겠지만

'어디까지가 문구인가?'라고 질문을 해보면 시야가 넓어진다. 펜과 연필, 노트까지가 문구인가, 아니면 그것들과 함께하는 제품까지가 문구인가. 답은 정해져 있지 않지만, 기록의 순간을 담고 생활을 조금 더 유용하게 만드는 도구라고 시야를 넓히면 5층에 있는 수많은 제품들도 문구로 볼 수 있다.

6층은 집과 관련된 제품으로 그 범위가 더 넓어진다. 나는 생활용품도 문구라고 생각하지만 매장 중간에 놓인 의자와 체스 판을 보고 있으니 살짝 아쉬워졌다. 그 자리에 책상과 조명이 있다면 이 공간이 조금 더 문구에 가깝게 느껴지고, 안경과 디퓨저 대신 돋보기와 향초가 있었다면 조금 더 아날로그 감성이 느껴졌을 텐데. 모든 것이 완벽할 수 없지만, 조금만 더 신경을 써서 공간을 구성했다면 '어디까지가 문구인가'에 대한 의문을 조금 더 해소할 수 있지 않았을까.

7층은 이토야의 포토 스폿이라고 불리는 종이 코너다. 색색의 종이를 마름모 모양으로 잘라 벽면 가득 채워놓았다. 마름모 모양의 종이들은 직접 보고 만질 수 있고, 구매를 원하면 종이 조각을 카운터로 가지고 가서 본 제품으로 받을 수 있다. 지류함에 쌓인 종이 끄트머리를 손의 감각으로 빼낼 때의 기분만큼은 아니겠지만, 여러 개의 조각을 비교하며 색과 질감의 조화를 쉽게 살필 수 있다는 점에서 수많은 사람들이 방문하는 문방구가 내린 최선의 결정이겠다는 생각이 들었다. 판매용 종이를 훼손하지 않으면서 누구나 종이를 마음껏 즐길 수 있는 방법이다. 사진으로 남기기에만 아름다운 것이 아니라 종이를 구경하고 구매하기에도 알맞은 공간이다.

이토야의 종이 코너

8층에서는 공예 제품을 판매한다. 이곳에 있는 제품은 기념품에 가깝다는 생각이 들 정도였는데, 도쿄 타워나 벚꽃이 그려진 흔한 기념품이 아닌, 일본의 색과 조형미, 섬세함을 담은 제품이 가득하다. 엽서, 스티커, 손수건, 플립 카드, 일본의 전통 문양 색종이 등 어쩌면 8층에 있는 제품이야말로 도쿄에서만 구매할 수 있는 제품이기에 마지막까지 놓치지 말고 구경하자. 9층과 10층은 판매 공간이 아닌 워크숍 공간, 도시형 농장과 카페이기에 소개를 생략한다.

추천하고 싶은 도쿄의 문방구는 앞서 살펴본 세카이도, 큐쿄도, 이토야 세 곳이다. 이곳들을 방문하면 일본인이 문구를 어떻게 생각하고 대하는지 느낄 수 있다. 대중적인 것부터 전문적이고, 고급스러운 문구까지 직접 보고 느낄 수 있기에 이 세 곳은 연달아 방문하는 것을 추천한다.

이토야를 구경하고 나오니 나의 손에서 책상으로, 책상에서 생활로 이어지는 문구를 전체적으로 살펴본 것 같다. 작은 문구 백과사전을 처음부터 끝까지 정독한 기분에 문구인으로서 뭔가 해냈다는 뿌듯함을 느낀다. 비싼 가격대 때문에 손에 남는 것은 많이 없어도, 문구 경험만큼은 가득 찼을 테니 그것만으로도 의미 있는 문방구임은 틀림없다. 나의 문구 세계를 한층 더 넓히는 데 도움이 되는 곳, 이토야. 이곳에선 '어디까지가 문구인가'에 대해 다양한 대답을 들을 수 있다.

日本の色
Origami

마지막 날 밤, 호텔에서

지금까지 산 문구들을 정리해 캐리어에 넣었다. 큰 캐리어에 문구가 한가득이다. 판매용 제품이 훨씬 많아서 걱정이다. 나만 좋아하는 문구로만 고른 것은 아닐까. 이 중 한국에서 구하기 힘든 제품은 얼마나 될까. 고객이 치른 돈과 기다림의 시간에 만족스러울 상품이 될 것인가. 무엇보다도 이것을 받는 분들이 나만큼 즐거워야 할 텐데. 일찍 자야 하는데 쉽사리 잠이 오지 않을 것 같다.

도쿄에서 집으로, 그리고 아날로그 키퍼로

지난 문구 여행이 끝나고 나는 집으로, 그리고 취업 준비생의 자리로 돌아왔지만 이번 도쿄 문구 여행이 끝나고는 문방구 주인의 자리로 돌아간다. 이것이 어떤 의미를 지닐까. 결국 문구와 나의 일에 대한 초심이 아닐까.

초심이란 유럽과 미국을 거친 두 달의 문구 여행에서 교통비를 아껴가며 봉투를 하나하나 사 모았던 즐거움을 다시 찾는 것, 그리고 제작자가 아닌 소비자의 반짝이는 눈으로 문구를 즐기는 것이다. 한동안 문구를 만드는 사람으로 지내면서 문구를 온전히 즐기지 못했다. 문구를 이성적이고 합리적으로 분석했던 마음을 내려놓고, 온전히 나의 취향과 시선과 경험으로 문구를 즐기자.

문방구 주인에게는 문구를 제대로 잘 만드는 것 이전에 문구를 정말 사랑하고, 즐기는 마음이 있어야 한다는 것을 다시 한번 마음에 새긴다. 많이 보고 만지고 경험하고 샀으니 이제는 한국에 돌아가 마구 표현할 차례다.

2

상하이

문구란 무엇인가

상하이의 문방구

– 福州路文化街

– 百新文具馆

– 上海外滩美术馆

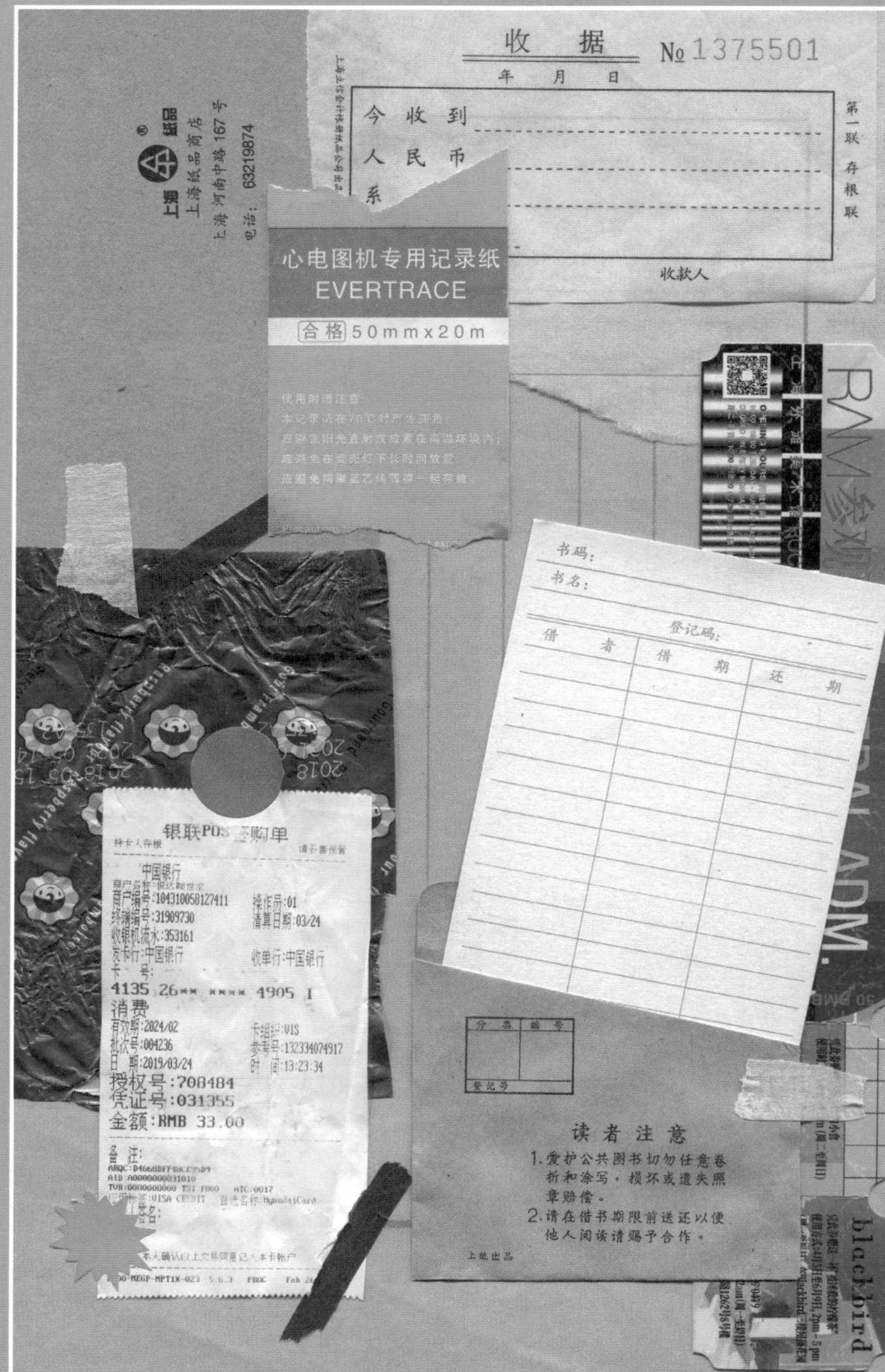

收 据 №1375501
年 月 日
今收到
人民币
系
收款人
第一联 存根联
上海纸品商店
上海 河南中路 167 号
电话: 63219874
心电图机专用记录纸
EVERTRACE
合格 50mmx20m
书码:
书名:
登记码:
借者
借期
还期
银联POS签购单
中国银行
商户编号:104310058127411
操作员:01
终端编号:31909730
清算日期:03/24
收银机流水:353161
发卡行:中国银行
收单行:中国银行
4135 26** **** 4905 I
消费
有效期:2024/02
批次号:004236
参考号:132334074917
日期:2019/03/24
时间:13:23:34
授权号:708484
凭证号:031355
金额:RMB 33.00
备注:
分类
编号
登记号
读者注意
1.爱护公共图书切勿任意卷折和涂写，损坏或遗失照章赔偿。
2.请在借书期限前送还以便他人阅读请赐予合作。
上纸出品
blackbird

상하이
첫 번째
문방구

상하이 문구 거리, 문구란 무엇인가

운이 좋게도 호텔에서 조금만 걸으면 문구 거리가 있다. '푸저우루 문화 거리福州路文化街'라고 불리는, 서점과 문방구들이 늘어선 거리다. 두근거리는 마음으로 거리에 들어서는 순간 느낌이 왔다. '어라, 이 여행 만만하지 않겠다.' 중국의 문구는 여행 전에 타오바오와 알리익스프레스, 바이두로 많이 조사했고 눈여겨볼 브랜드명과 가격대도 알아본 상태였다. 혹시 생길지 모를 실망스러운 상황에 대비한 것이었는데, 그럴 필요가 전혀 없었다. 이곳에서는 한국이나 문구 여행을 한 다른 도시들에서 경험하지 못했던 방식으로 문구를 판매하고 있었기 때문이다.

푸저우루 문화 거리
福州路文化街
주소 Fuzhou Rd. Huangpu, Shanghai

이를테면 노트는 그램별로 무게를 재서 판매하고, 종이는 낱장이 아닌 거대한 뭉텅이로 판매한다. 규칙도, 콘셉트도 없이 오래된 문구와 신제품이 섞여있다. 브랜드가 아니라 펜, 종이, 노트, 클립, 스티커 등 각각의 제품들이 도드라진다. 실험적인 문구도 가득하다. 만만하게 생각했다가 뒷통수를 얻어맞았다. 상하이 사람들이 문구를 대하는 방식을 관찰하니 지난 도쿄 여행이 떠올랐다. 그리고 이 이야기를 하기 위해 도쿄의 큐쿄도 기록에서 말을 아꼈다.

문구란 무엇인가. 도쿄와 상하이를 비교하면 도시가 문구를 대하는 태도에도 차이가 있음을 알 수 있다.

도쿄에서 문구는 취미 생활과 같다. 스티커 수집, 만년필 연구, 교환 일기, 도장 제작하기, 다이어리 꾸미기 등 문구를 통해 개인이 다양한 취미 생활을 한다. 때문에 제품이 세세하게 나뉘어 다양하게 제작되고, 초급부터 고급까지 단계별로 문구를 구매할 수 있다. 급하게 영수증을 써야 할 상황에서도 원하는 목적에 맞는 영수증 책을 찾을 수 있고, 편지를 마무리하기 위해 스티커를 고를 때에도 취향에 맞는 것을 골라서 사용할 수 있다. 그러나 문구인이 아닌 사람에게 이 환경은 피로감으로 이어질 수 있다. 문구와 브랜드의 거대한 세계에서 자신의 취향에 맞는 문구를 찾아 헤매야 하고, 원하는 문구를 찾기 위해서 꽤나 오랜 시간 검색을 해야 할 수도 있으니까. 문구에 대한 정보나 지식이 충분하지 않다면 수많은 선택지 앞에서 긴 시간을 고민해야 하고, 흐름을 따라가지 못해 구매를 포기하게 될 수도 있다. 무엇보다 관심이 없는 이들에게 문구란 어렵거나 복잡한 세계일 것이다.

반면 상하이에서 문구란 일상 그 자체다. 고민하지 않고 집어 드는 것, 쉽고 간단한 것. 브랜드보다는 제품 그 자체에 집중하고, 필요할 때 쉽게 사고 고민 없이 바로 사용할 수 있는 것. 상하이는 문구가 도구로 존재하는 곳처럼 느껴진다. 타오바오와 알리 익스프레스를 통해 미리 알아보았을 때도 이곳의 문구가 한국이나 일본과 비교했을 때 양적으로나 질적으로 부족하지 않아 보였는데, 직접 상하이에 와서 이곳의 문구 세계를 실제로 만나니 오프라인에 있는 문구의 세계가 아직은 더 강력하다는 느낌이다. 작은 가게에서 쓸법한 수기 영수증

상하이에서 문구란 일상생활 그 자체

책과 공공기관에서 흔히 사용하는 볼펜, 서점에서 판매하는 노트, 문구 거리에서 판매하는 화구…. 어쩌면 쉽고, 대중적이라고 표현할 수 있는 문구들을 보니 상하이는 문구를 사는 데 크게 고민을 하지 않아도 되고, 잃어버리거나 질려도 다시 쉽게 살 수 있으며, 한 번에 여러 개를 쟁여두고 마음껏 쓸 수 있는 환경이라는 느낌이 강하게 든다.

여기서 다시 질문. 문구란 무엇인가. 쉽게 답을 내릴 수 없을 것 같다. 디자인 제품으로서의 문구와 도구로서의 문구를 확실하게 구분하는 게 가능한 일인가. 복잡하고 고급스러운 것과 쉽고 대중적인 것 중 어느 하나가 더 나은 것인가. 구매할 때 오래 고민하게 만드는 것과 고민 없이 쉽게 결정하게 하는 것 중 무엇이 올바른 것인가. 잃어버리지 않기 위해 조심해야 하는 것과 잃어버려도 아깝지 않은 것 중 어떤 것이 더 좋은 것인가.

답은 없다. 어떻게든 말을 할 수는 있겠지만 그것은 언제든 상황과 취향에 따라 바뀔 수 있다. 그럼에도 이 질문이 의미가 있는 이유는 문구가 나에게 어떤 존재인지 고민해볼 필요가 있어서다. 이렇게나 다양하고, 이토록 방대한 문구의 세계에서 문구란 나에게 무엇일까. 답이 나오지 않아 질문을 조금 다르게 던져보았다.

나는 왜 일기를 쓰는가?
편지를 쓰고 봉투를 마무리할 때 어떤 기준으로 스티커를 고르는가?
특정 펜을 좋아하는 이유는 무엇인가?
편지를 보관하는 나만의 방법은?

해야 할 일을 기록할 때 구분 표시는 어떻게 하는가?
글씨체가 몇 개인가?
연필은 부드러운 것과 거친 것 중 어떤 것을 선호하는가?
마음에 남은 일을 기록하는 수첩의 크기는?
손이 닿는 곳에 놓여있는 문구는 얼마나 되는가?

질문에 답을 하기 위해 고민하다 보니 나를 스쳐가고 머문 문구들이 떠오른다. 내가 가진 날것의 생각과 행동을 기억하는 존재들. 이름을 불러 꽃이 되는 존재가 있듯, 손에 머무르며 힘이 되어주는 존재가 문구다.

이쯤에서 다시 질문. 문구란 나에게 무엇인가.
부끄럽지만 아직도 답을 하지 못하겠다.

KLING KLANG
SEMIANNUAL
活着
LIVE
考勤证
部门
工号
姓名
工具
工作服
保管手册

SONY
4187
0.5
M&G晨光
书码:
书名:
登记码:
借 者
借 期
还 期
读者注意

상하이
두 번째
문방구

바이신, 문방구에서 문구만 사라는 법은 없으니까

상하이 문방구를 검색하면 가장 많이 언급되는 곳이다. 앞서 소개한 푸저우루 문화 거리에 있어 찾기도 쉽고, 취급하는 품목이 다양해서 한번쯤 들러볼 만하다. 아쉬운 점은 중국 브랜드 제품이 거의 없고 특색이 뚜렷하지 않다는 것. 대부분 한국에서도 쉽게 접할 수 있는 미국이나 일본 제품이다. 주 고객층이 관광객이 아닌 자국민이라는 것을 고려하면 유용하고 알찬 문방구는 맞지만 나에게는 어딘가 비어있는 듯 아쉽다.

매장은 깨끗하고 재고 관리가 잘 되어 있다. 무엇보다 섹션 구분이 명확하여 구경하기에도, 문구를 꺼내기에도 불편함이 없다. 아이러니하게도 이런 점이 바이신의 아쉬운 부분이다. 뭐라고 설명해야 할지 모를 보통의 문방구. 어딘가 부족해도 특색이 있거나, 콘셉트가 명확하면 좋을 텐데 이곳은 현대의 세련된 문방구 그 이상도 그 이하도 아닌 것처럼 느껴진다. 서울이나 도쿄, 런던이나

바이신 문구 百新文具馆

주소 364 Fuzhou Rd, Huangpu, Shanghai

홈페이지 www.bx1912.com

뉴욕 어디에 있어도 이상하지 않을 문방구 같다. 아쉽다는 감정은 나의 오만에서 비롯된 것이겠지만 기대를 많이 해서인지 힘이 빠졌다. 그럼에도 바이신을 기록하는 이유는 안쪽에 있는 책 코너 때문이다.

많은 문방구를 가봤지만 바이신처럼 문구 서적을 책장이 가득할 정도의 규모로 취급하는 곳은 드물다. 바이신은 문구 잡지를 비롯해 디자인, 공예 분야의 취미를 다룬 책들을 판매하고 있다. 문구 여행에서 꼭 문구만 사라는 법은 없다. 바이신에 들러 문구와 관련한 책을 사는 것도 색다른 즐거움이다. 이곳에서 「문구 수첩」이라는 잡지 두 권을 샀는데, 언어가 크게 문제가 되지 않을 정도로 사진이 많아 꽤 만족스러웠다.

중국 미술 전문 화방, 나도 한번 해볼까?

푸저우루 문화 거리 초입에 있는 화방들은 꽤 볼거리가 많다. 다루는 품목은 동양화용 화구인데, 전통 종이부터 붓, 도장용 돌, 벼루와 병풍 등 다양하다. 동양화에 관심이 없더라도 충분히 재미를 느낄 수 있다. 문구를 색다르게 사용할 도전 정신만 있으면 된다.

물건의 가격을 보면 깜짝 놀랄 수도 있는데, 대부분 3,000원 미만으로 매우 저렴하다. 잔뜩 구매해도 부담스럽지 않을 정도여서 도전 정신을 마음껏 펼칠 수 있다. 추천하는 문구는 종이류와 도장용 돌이다. 종이는 편지지, 노트, 포장지로 마음 내키는 대로 다양하게 사용할 수 있고, 도장용 돌은 너무 가볍지 않은 것을 고르면 책상 위 오브제나 문진으로 사용할 수 있다. 망설이지 말고 화방에 들어가 이것저것 자유롭게 경험해보자.

질문을 던지는 문구

상하이의 문구들은 계속해서 편견을 부순다. 내가 생각했던 문구의 정의는 무엇인지, 문방구라는 공간은 어떤 의미를 지니는지 평소에 쉽게 생각했던 것을 진지하게 고민하게 만드는 질문거리가 가득하다.

락번드 아트뮤지엄 아트숍, 편견은 깨라고 있는 것!

락번드 아트뮤지엄上海外滩美术馆 1층 매표소 근처에서는 문구를 비롯한 다양한 디자인 제품을 판매한다. 다만 미술관이기에 취급하는 품목이 매우 적고, 위치가 그리 좋지는 않다. 하지만 이곳에서 만난 두 가지 제품은 근래 만난 문구 중 손꼽힐 만큼 멋지다. 아트뮤지엄에 있기 때문인지 문구도 매우 실험적인데, 내가 반한 문구는 바로 철제 커버를 두른 노트와 커버가 카세트테이프로 된 수첩이다. 이 두 문구를 발견했을 때 나도 모르게 환호성이 튀어나왔다.

철제 노트는 무게가 상당하지만 한 손으로 들기에 적당한 크기에 제본 또한 튼튼하다. 무엇보다 철제의 무게감이 주는 진지함과 커버에 붙은 유쾌한 일러스트 스티커가 주는 대비가 노트를 얼른 사용하고 싶게 만든다. 진지한 이야기를 적기에도, 가벼운 그림일기를 쓰기에도 어색하지 않다. 무엇보다 소재가 주는

락번드 아트뮤지엄 아트숍
上海外滩美术馆

주소 1F, 20 Hu Qiu Lu, Huangpu, Shanghai

홈페이지
www.rockbundartmuseum.org

즐거움 때문에 매일 꺼내보고 싶을 정도다. 물론 아까워서 그러지 못하겠지만.

사실 카세트테이프로 된 수첩은 처음에 정체를 몰라 한참을 고민했다. 그러다 샘플을 발견하고 손에 쥐자 카세트테이프와 연결된 수첩 내지가 차르륵 펼쳐졌다. 이때의 환호는 듣지 않아도 느껴질 거라 생각한다. '이거지!' 싶은 기발하고 귀여운 아이디어. 노트는 결국 쓰는 사람을 종이 앞으로 이끌어야 하고, 오래도록 머물게 해야 한다. 그 점에서 락번드 아트뮤지엄에는 재치 넘치는 문구 친구들이 숨어있으니, 많은 이들이 이들과 우정을 나누면 좋겠다.

blackbird
50 RMB
RAM
上海外滩美术馆
ROCKBUND ART MUSEUM
NO.01945
OPENING HOURS

락번드 아트뮤지엄 티켓

문방구는 문구가 아니다

말 그대로다. 문방구는 문구가 아니다. 나는 문방구가 사람들이 처음 만나는 문구와 어색하지 않도록 물꼬를 터주는 곳이라고 생각한다. 문방구는 '이 문구는 어쩌고저쩌고' 소개하지 않아도 이 어색한 두 존재가 첫인사를 나눌 수 있도록 문구에 대한 적절한 힌트를 던질 수 있어야 한다. 더 나아가 이미 알고 있는 문구라도 새로운 문방구에서 발견했을 때 다시 눈길이 갈 수 있도록 문구에 힘을 실어줘야 한다. 그래서 잠자던 문구들이 사람들의 손에서 깨어나고, 제 할 일을 할 수 있도록 해야 한다.

문구 여행으로 내 안에 있던 문구와 문방구에 대한 편견은 깨졌다. 그리고 나는 이제 새로운 질문을 안고 돌아간다.
문구란 무엇인가? 문방구라는 공간은 어떤 의미를 지니는가? 질문에 당장 답을 할 수는 없겠지만, 올바른 질문을 품고 문구를 대한다면 나만의 문구 철학을 다져나갈 수 있을 거라 믿는다.

나는 아날로그 키퍼의 자리로 돌아간다. 어떤 문구를 소개하고 연구하고 만들 것인가? 어떤 방향으로 아날로그 키퍼를 이끌어야 하는가? 나에게 문구란 무엇이고, 어디까지가 문구인가? 문방구의 역할은 무엇인가? 대답해야 할 질문이 너무 많아 머리가 아프지만, 아날로그 키퍼다운 문구를 통해 대답할 것이다. 무엇보다 아날로그 키퍼를 사용하는 이들의 기록이 헛되지 않도록 문구를 진심으로 사랑해야 한다.

MON
4
TUE
5
WED
6
THU
7
FRI
8
SAT
9
SUN
10

* masking tape *
OK
120-150
OK.
oval grid small
medium
BOX.

문구란 무엇인가

여행이 끝나고 돌아오면 한층 넓어진 나의 문구 세계를 느끼며 마음이 풍족해진다. 문구와 문방구를 하나씩 알아갈 때마다 문구를 향한 사랑이 깊어짐을 느낀다. 나는 모르는 것을 새로이 아는 것보다 알던 것을 제대로 이해하는 일이 더 어렵다고 생각한다. 문구 여행의 재미는 여기에 있는 것이 아닐까? 매일같이 쓰던 펜에 대해 더 많이 알게 되는 것, 각 도시 사람들에게서 포스트잇을 쓰는 새롭고 다양한 방법을 발견하는 일, 나라별 문화와 성향이 담긴 영수증 책 비교, 다양한 스타일의 엽서 디자인을 나만의 문구 세계에 데려오는 것….

다시 책상 앞에 앉으면 나의 기록은 한층 더 풍부해진다. 더 많이 알게 된 만큼 더욱 즐겁게 사용할 수 있고, 제대로 활용할 수 있다. 이미 손에 익은 제품도 다양하게 사용하기 위해 고민하고, 도전하게 된다. 짧은 메모를 적는 일에도 취향을 담고, 편지를 쓰고 봉투를 마무리할 때에도 정성을 다하게 된다. 그렇게 내 삶의 조각들이 쌓인다. 기록을 통해 종이에 온기가 담긴다. 형체가 생긴 기록은 이곳저곳에 퍼진다. 그 기록을 일주일이 지나고 한 달이 지나고 오 년, 십 년이 지나 다시 펼쳤을 때, 찬란했던 시절은 재발견된다. 이것만으로 충분하다. 온기를 담아 오래도록 남기는 일. 시간이 흘러도 나의 찬란한 시절을 내내 간직해주는 믿음직스러운 존재.

문구란 무엇인가. 이전에 답하지 못했던 질문에 대한 나의 답이다.

epilogue

문구 여행을 떠나는 당신께

문구 여행을 떠나신다니 부럽습니다. 처음 문방구 문을 열고 들어갈 때의 설렘과 벅참을 꼭 오래도록 기억하셨으면 좋겠습니다. '○○을 보지 않은 눈을 삽니다'라는 표현이 있는 것처럼 저도 할 수만 있다면 '○○을 경험하지 않은 마음'을 사고 싶습니다. 시끌벅적한 거리에서 등을 돌려 문방구의 문을 열면 주변은 순식간에 조용해지고 가지런히 놓인 수많은 문구를 만나게 됩니다. 마치 다른 세계에 들어가는 느낌입니다. 곧 누군가의 손에 머물며 기록을 남기기 위해 잠시 누워있는 문구들을 가만히 바라보고 있으면 무한한 상상이 펼쳐집니다. 문구 여행의 의미는 여기에 있는 것이 아닐까 합니다.

나 또는 누군가의 삶에서 온기를 담으며 제 몫을 다할 문구를 응원하다 보면 도리어 제가 응원을 받는 기분입니다. 편견 없이 나의 생각을 그대로 받아 적는 펜, 단정하고 깨끗한 모습으로 나의 첫 획을 기다리는 종이, 제 몸보다 큰 무엇인가를 붙이기 위해 힘을 모으는 스티커, 몸을 깎아 나의 실수를 지워줄 지우개, 나와 다른 이의 약속이 되어줄 영수증 책과 모두에게 공평한 자. 어둠을 밝힐 형광펜, 흔적 없이 몇 번이고 다시 일어날 마스킹테이프, 나의 손이 다시 닿기 전까진 책임지고 맡은 것을 보관해줄 집게와 클립, 말로 전하지 못한 이야기를 담아줄 편지지와 엽서…. 이들과 함께라면 어떤 기록이든 반짝이는 조각이 되리란 확신이 들 거예요.

갖지 않더라도 보고 만짐으로써 여러분의 문구 세계는 넓어지고, 몸과 마음으로 기억한 문구는 언제든 다시 끄집어낼 수 있습니다. 제가 소개하는 문구와 문방구가 실망스럽지 않기를 바라는 마음이 가득하지만, 그보다 여러분이 몸을 굽히고, 먼지를 털고, 발꿈치를 들어 잠자는 문구를 깨워주시길 더 바랍니다. 생각지도 못한 발견에 행복할 수도 있고, 기대에 미치지 못해 실망할 수도 있어요. 다만 문구라는, 일상의 온기를 담을 소중한 존재들에 둘러싸여 온몸으로 새로운 에너지를 가득 충전하셨으면 좋겠습니다.

상하이 문구 여행을 마무리하고 대구에 간 적이 있습니다. 미팅이 끝나고 시간이 남아 대구 역 주변을 돌다가 오래된 문방구를 발견했습니다. 철문을 열고 들어간 곳에서 오래된 문구를 잔뜩 만났습니다. 정말로 멋진 공간이었어요. 손을 뻗어 먼지를 털고, 허리를 굽혀 좁은 공간에 몸을 구겨 넣고는 잠자는 문구들을 깨웠습니다. 제가 먼지 쌓인 문구를 하나씩 꺼낼 때마다 주인 분께서 물티슈로 하나하나 닦아주시며 이런 건 어디에 쓸 거냐고 물어보셨어요. “그냥 가지고 있으려고요”라고 대답했지만 어떻게 쓸지 상상하며 마음이 끝도 없이 설레었습니다. 눈에 불을 켜고 찾은 오래된 반공 수첩, 스티커, 학종이,

출퇴근 기록지 그리고 클립들을 데리고 사무실로 오는 내내 지난 문구 여행들이 떠올랐습니다. 그리고 생각했습니다. 이렇게 멋진 문방구가 이곳에만 있을 리 없잖아!

무척 흥분해 사무실에 돌아와 아날로그 키퍼를 사랑해주시는 분들에게 이야기하고, 구매한 문구를 소분해서 여러 고객님들과 나눴습니다. 투박하고, 오래된 문구였지만 지난 세월이 만들어낸 특유의 아날로그 감성에 많은 분들이 즐거워하셨어요. 예상치도 못하게 특별한 문구 여행기가 추가되었습니다.

국내에도 아직 알려지지 않은 보석 같은 문방구들이 생각지도 못한 곳에 많이 숨어있습니다. 저 또한 대구 문방구를 다녀온 후로 문구 여행을 거창하게 생각하지 않고, 제 주변의 문방구들을 찾아 거리를 관찰하기 시작했습니다. 편의상 여행한 도시와 시간 순으로 문구 여행기를 풀어냈지만, 문구 여행의 핵심을 해외의 도시라고만 생각하지 않으셨으면 합니다. 도시보다 중요한 것은 결국 문구와 문방구입니다. 그러니 문구 여행을 거창하게 생각하지 않으셨으면 좋겠습니다. '문구' '종이' '사무용품' 같은 간판을 발견했을 때 그곳의 문을 여는 것만으로 여러분의 문구 여행은 시작입니다.

여러분의 온기 가득한 문구 생활을 응원하며
2020년, 문경연

순찰시계용지 일반400매
8 809078 862334
종이나라
JONG IE NARA
PASTEL Crane Folding
파스텔
학접기
500
종이나라
JONG IE NARA
PASTEL Crane Folding
파스텔
학접기
500
ACADEMY
Envelop pin
ME-303

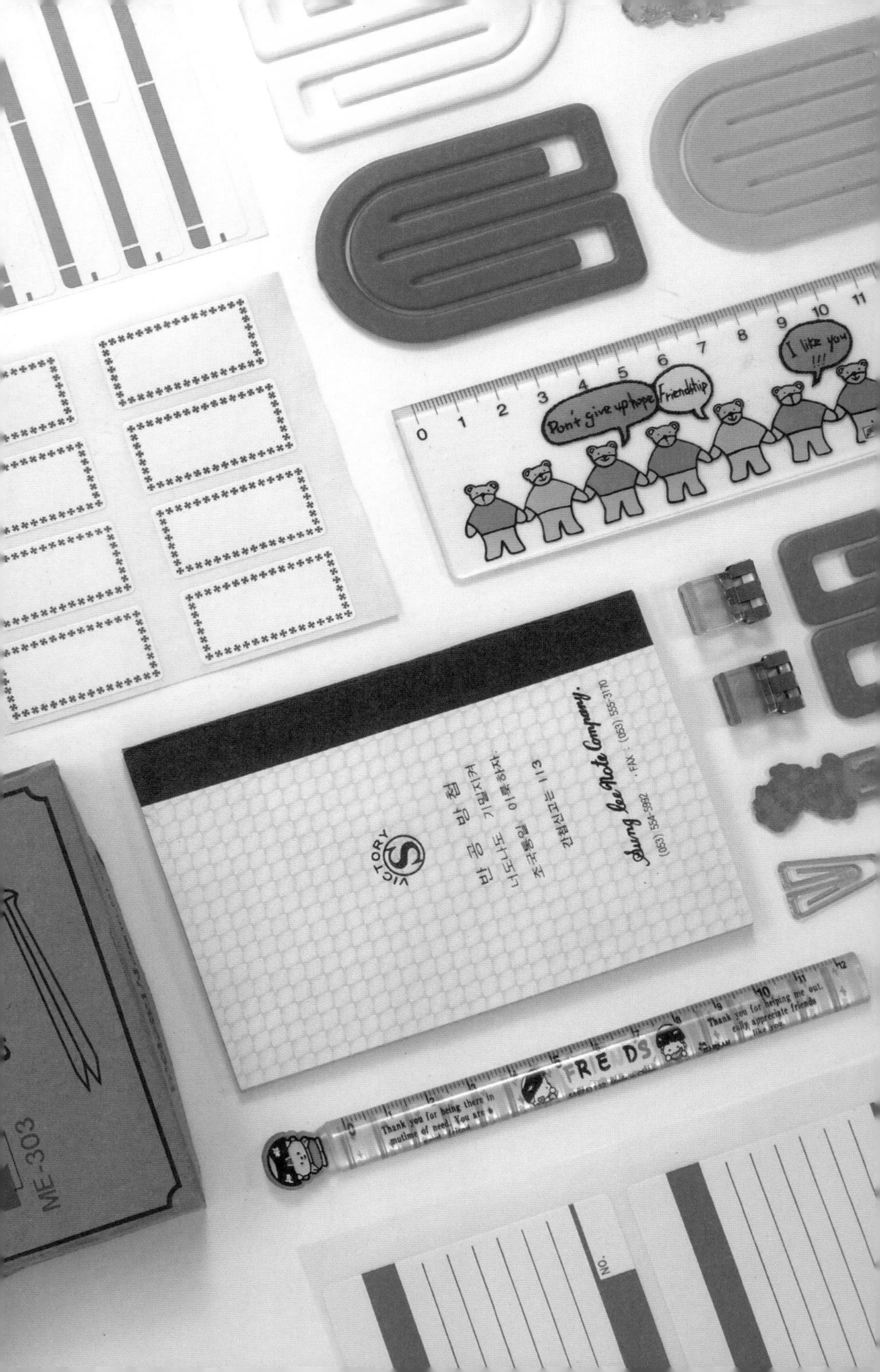
Don't give up hope
Friendship
I like you !!!
VICTORY
반 공 방 첩
기밀지켜
나도나도 이룩하자.
조국통일
간첩신고는 113
Sung Lee Note Company.
(053) 554-5992 · FAX : (053) 555-3170
Thank you for helping me out.
Thank you for being there in
ME-303
NO.

소개된 문방구 목록

나를 찾는 여행

파리 문방구

루지에&플레
Rougier&Plé

주소 15 Boulevard des Filles du Calvaire, 75003 Paris

홈페이지 www.rougier-ple.fr

파피에 티그르
PAPIER TIGRE

주소 5 Rue des Filles du Calvaire, 75003 Paris

홈페이지 www.papiertigre.fr

델포닉스
Delfonics

주소 Carrousel du Louvre, 99 Rue de Rivoli, 75001 Paris

홈페이지 www.delfonics.fr

멜로디스 그라피크
Mélodies Graphiques

주소 10 Rue du Pont Louis-Philippe, 75004 Paris

인스타그램
@melodiesgraphiques

베를린 문방구

루이반
LUIBAN

주소 Rosa-Luxemburg-Straße 28, 10178 Berlin

홈페이지 www.luiban.com

R.S.V.P.

주소 Mulackstraße 26, 10119 Berlin

홈페이지 www.rsvp-berlin.de

모듈러
Modulor

주소 Prinzenstraße 85, 10969 Berlin

홈페이지 www.modulor.de

VEB 오렌지
VEB Orange

주소 Oderberger Str. 29, 10435 Berlin

홈페이지 www.veborange.de

구 동독 박물관
DDR museum

주소 Karl-Liebknecht-Str. 1,
10178 Berlin

홈페이지
www.ddr-museum.de

바르셀로나
문방구

세르베이 에스타시오
SERVEI ESTACIÓ

주소 Carrer d'Aragó, 270, 272,
08007 Barcelona

홈페이지
www.serveiestacio.com

페파 페이퍼
Pepa Paper

주소 balmes, 50, 08007,
Barcelona

홈페이지 pepapaper.com

런던
문방구

프레젠트&커렉트
Present&Correct

주소 23 Arlington Way,
Clerkenwell, London
EC1R 1UY

홈페이지
www.presentandcorrect.com

kikki.K 코벤트 가든점

주소 5-6 James St, Covent
Garden, London WC2E
8BT

홈페이지
www.kikki-k.com/uk

뉴욕
문방구

굿즈 포 더 스터디
Goods for the Study

주소 50 W 8th St, New York, NY 10011

홈페이지
www.mcnallyjacksonstore.com

CW 펜슬 엔터프라이즈
CW pencil enterprise

주소 15 Orchard St, New York, NY 10002

홈페이지
www.cwpencils.com

스테이플스
Staples

홈페이지
stores.staples.com/ny/new-york

ㅇ 홈페이지에서 뉴욕 지점들의 위치를 확인할 수 있다.

문구 여행은 계속됩니다

도쿄 문방구

로프트 시부야점
Loft

주소 21-1 Udagawacho, Shibuya City, Tokyo

홈페이지 www.loft.co.jp

야마다 문구점
山田文具店

주소 1F, Mitaka plaza, 3-38-4, Shimorenjaku, Mitaka, Tokyo

홈페이지 yamadastationery.jp

36 사브로
36 sublo

주소 2F, HARA Building, 2-4-16 Honcho Kichijoji, Musashinoshi, Tokyo

홈페이지 www.sublo.net

띵크 오브 띵스
THINK OF THINGS

주소 3-62-1 Sendagaya, Shibuya-ku, Tokyo

홈페이지
www.think-of-things.com

세카이도
世界堂

주소 1F~5F, sekaido building, 3-0-0 Shinjuku, Shinjuku-ku, Tokyo

홈페이지 www.sekaido.co.jp

큐쿄도 긴자점
鳩居堂

주소 5-7-4 Ginza, Chuo-ku, Tokyo

홈페이지
www.kyukyodo.co.jp

이토야
G.itoya

주소 2-7-15, Ginza, Chuo-ku, Tokyo

홈페이지 www.ito-ya.co.jp

푸저우루 문화 거리
福州路文化街

주소 Fuzhou Rd, Huangpu, Shanghai

바이신 문구
百新文具馆

주소 364 Fuzhou Rd, Huangpu, Shanghai

홈페이지 www.bx1912.com

락번드 아트뮤지엄 아트숍
上海外滩美术馆

주소 1F, 20 Hu Qiu Lu, Huangpu, Shanghai

홈페이지
www.rockbundartmuseum.org